「

这世界万千美丽

都比不上在一起

窗外有月色和雨

被窝有情诗和你

」

——《被窝里有情诗和你》

「姑娘，爱上你后
我这辈子只有三件事
带你环游世界
带你环游世界
带你环游世界」

——《姑娘，想带你去吃酒看浪》

你那么好看，说什么都对

戴日强——著

时代文艺出版社

图书在版编目（CIP）数据

你那么好看，说什么都对 / 戴日强著. — 长春：时代文艺出版社, 2017.10

ISBN 978-7-5387-5508-4

Ⅰ. ①你… Ⅱ. ①戴… Ⅲ. ①故事－作品集－中国－当代 Ⅳ. ①I247.8

中国版本图书馆CIP数据核字(2017)第192370号

出品人　陈　琛
产品总监　郭力家
出版监制　刘　峰
产品经理　刘　璇
责任编辑　姜程程
装帧设计　沐希设计
排版制作　新兴工作室

你那么好看，说什么都对

戴日强 著

出版发行 / 时代文艺出版社
地址 / 长春市泰来街1825号　时代文艺出版社　邮编 / 130011
总编办 / 0431-86012927　发行部 / 0431-86012957　北京开发部 / 010-63108163
官方微博 / weibo.com / tlapress　天猫旗舰店 / sdwycbsgf.tmall.com
印刷 / 三河市三佳印刷装订有限公司
开本 / 880mm × 1230mm　1 / 32　字数 / 177千字　印张 / 8
版次 / 2017年10月第1版　印次 / 2017年10月第1次印刷　定价 / 36.00元

图书如有印装错误　请寄回印厂调换

推荐序·宋小君

年轻的使命就是爱与被爱

小时候，不懂什么是爱情，不明白为什么有人会为了爱情去争、去抢、去拼、去背天逆命。

青春期，第二性征发育，姑娘看我的眼神飞扬，我看姑娘的眼神滚烫，世界开始打开另外一扇门，门后面有着懵懵懂懂的爱情，虽然大人们甚至我们自己都不承认那是爱情。

长大了，成熟了，懂得了世界的规则，玩转了对方的心思，开始计较了，开始想要付出更少、得到更多了。

爱情渐渐变成加法，有没有房子、有没有社会地位、有没有未来保证、有没有奢侈的旅行……当这些加起来到了及格线，爱情似乎就能发生。

功成名就了，变老了，开上好车了，在公司里当领导了，用得起名牌包包了，开始在某些突然失眠的深夜或无所事事的黄昏，无可救药地怀念年少时热烈到烫人的爱情。但是这个时候，爱情已经缺席太久，只存在于记忆和渴望里，再也不会回来了。

事业重要，升职重要，精致的生活重要，可在漫长的人生里，跟一场轰轰烈烈的爱情比起来啊，这些似乎也没那么重要了，可惜的是，当我们意识到这一点，往往已经是千帆过尽，我们老了，爱情也老了。

归根结底，一句话，谈情说爱要趁年轻。

男人正当年少，甚至稚气未脱，走起路来虎虎生风，你扑进他的怀里，他能横抱着你飞起来。他不在乎整个世界，只在乎你今天为什么皱眉头。他不会包容你的缺点，甚至会和你在马路上激烈争吵，吵到他脸红，吵到你哭泣。但你的眼泪又让他心疼，他后悔自己的冒失，不该说狠话，跑过去狠狠抱你，你要挣脱，他抱得更紧，直到你完全放弃抵抗，融化在他怀里，像是冬末的一块冰融化在整个春天里。

男人会对你许下无数诺言，想要和你周游世界，在世界最高点劈头盖脸地亲你。他明明穷得要死，还是愿意花两个月的生活费给你买一份奢侈的礼物。

没有套路，横冲直撞，两个人躺在风里，对世界对未来有无法无天的幻想。

姑娘花容月貌，刚刚发育，像是昨夜里才半熟的水果，汁水淋漓，笑起来春风化雨。她穿上裙子，整个世界流光飞雪，男人愿意为了她发动战争。她自己还是个孩子，却神奇地对男人母性大发，想要给你当姐姐、当妈妈、当信仰、当伤口、当回忆。

姑娘出席了你人生中很多个第一次，启蒙了你，度化了你，重塑了你的世界观。

姑娘有预知未来的能力，她会突如其来地伤感，怕未来来得太快，你走得太远，会和她走失。一来，她希望你功成名就，梦想成真；二来，她又怕你跑得太远，飞得太高，追不上你。

她想和你相依为命，不在乎你是个穷小子，愿意跟你挤出租屋，在清晨的小旅馆里刷牙的时候，也依然美得不像话。

她把所有能拿出来的爱都给了你，身心相依，甚至允许你犯错。

年轻的男女爱起来恨不得要所有人为他们见证，爱情让两个人彼此独一无二，天下无双。

年轻的时候，我们都很笨拙，但爱情是最不需要智商的事情。

你笨，她也傻啊。

年轻最重要的使命不就是爱与被爱吗？

而爱与被爱最重要的使命就是经历回忆，这些回忆珍贵到无法替代的程度，不管将来你多富有，多高高在上，这些回忆都安放在你心底的最深处，像是一个隐藏的泉眼，无论世界多么干旱，只要泉眼醒来，就能春风化雨。

有了这些回忆，将来才能跟孩子吹牛，教他们，爱起人来不要脸，不要命，无法无天，尽情尽兴。

阿强这本书，在我看来，像是一份宣言：

向世界宣告，认认真真地谈恋爱，是人生得意的必要条件。

情话要说，要说得实在，说得凶狠，说得不留退路。

恋爱要谈，要谈得风生水起，谈得不管不顾，谈得天昏地暗。

因为那个让你愿意为之疯狂，为之和全世界叫板的人，不是那么容易出现的，一旦这个人出现了，你要用尽浑身解数，死皮赖脸地抱住，把你的心交付出去，让对方来疼惜，来蹂躏。

所以，有人会说，爱我少一点儿，爱我久一点儿，看似不合理，却非常深情。

就像是一个二十岁的姑娘在你耳边，轻声对你说，请把你对我的爱，分期付款给我，每个月给最低还款额就行，但是还款周期是一辈子。

然后，你侧过脸去亲她一口，豪气干云地说，老子愿意。

推荐序·张轩洋

/////

我们的友情叫作一起成长

老实讲，这是我第二次给别人写序。

第一次是住在我隔壁的卢阿姨自费出了一本诗集，因为字数不够，所以找到我，让我帮她“凑”了两千字。

卢阿姨为了感谢我，给我包了顿猪肉茴香馅的饺子。

后来，她搬家了，我至今还挺想念她包的饺子。

这一次是写给同一个战壕里的兄弟——阿强，当然，这次并不是为了凑字数，也没有饺子吃。

阿强的全名叫戴日强，是我见到的第一个名字里既有形容词又有动词的人，霸气十足。

说起阿强，得从九年前的那个晚上开始。

去过济南的朋友都知道，济南的夏天酷热难耐，特别是晚上，哪里都热气腾腾的，整座城市像被人架在了火炉上煎烤。

街上每个人的头上都冒着汗，油光闪闪，像块即将融化的雪糕。

在这种鬼天气下，我们这些穷学生唯一想去的地方就是网吧，那里有冰冻的饮料，还有免费的空调。

某天晚上，我刚在网吧坐下，就接到一个陌生电话，伴着一阵不稳定的信号，传来一句不标准的福建普通话："你喜欢文学吗？"

说实话，当时听到这个声音，我真的想立刻挂断电话，但转念一想，他如果真是个骗子，也一定是个勤勤恳恳的骗子啊。你想，现在已经是晚上十一点，像他这样加班打诈骗电话的应该也没几个了。

就在我犹豫不决时，阿强才开始认真地自我介绍起来……

这就是我们俩认识的过程，也正是因为这个看似极不靠谱的电话，使我们后来成了朋友，并且有机会一起创业。

和阿强建立联系后，我们又联合了山东省内其他高校的文学社，成立了文学联盟。

我们先后搞了几届文学大赛，拉赞助，办杂志，出书。慢慢地，也算折腾出一些声响。

后来，大家陆续毕业。

他比我早一年来到北京，直接去了一家文学网站做编辑。而我也选择了和文学有关的工作，在一家民营出版公司做策划。

再后来，我们曾经的文学联盟成员宋小君、罗浩、王肃超也都选择了北漂，昔日的“战友们”正式在北京会师。

2014 年底，我提交了辞职申请，离开了供职多年的公司，选择和阿强、小君一起创业。

那时，我们每天在西直门的小黑屋里各种谋划着，不知道未来会怎么样，更不知道会不会成功。但大家似乎都很有信心，也对未来充满了期待。

一个月后，梦生工作室宣布成立。

今年是我们创业的第三年，阿强的新书也已经进入了后期制作，于是让我写点儿东西。

我考虑了半天，却不知该如何下笔。

翻看他新书的文字，又让我想起了很多往事，想起那些曾经熟悉却渐渐疏离的朋友。

时隔多年，大家可安好?

目　　录

「
睡前发觉甚是想你
想这个调皮迷人的女子.
只愿回到最初的自己
每句晚安都是爱你
」

——《每句晚安都是爱你》

那些故事

那些年，那些故事

Chapter1

那些年，

「
我有甘甜如吻的瓜果
我有会说情话的碧螺
我有彻夜温暖的被窝
姑娘，你不用跟我走
姑娘，要不你就嫁给我
」

——《姑娘，要不你就嫁给我》

你是我眼里的星辰大海

在爱情的这场征途里，
遇见你之后的每一天都过成了我想要的样子。

~ 1 ~

国庆回洪濑小镇，我一如既往地去阿小肉粽店吃小吃，偶然碰到一个不会闽南话的小萝莉正费劲地跟老板沟通着，眼看两人就要吵起来了，我连忙上去帮忙翻译，顺便点了传统小吃烧肉粽和牛肉羹。

后来我问："小镇又不是旅游地，你不会闽南话就跑过来，不担心是虎山行啊？"

"我在网上看到这小镇有很多中华名小吃，所以就跑来试试……"

我笑了笑说："听你说话都快要把舌头吃了，应该是北京人吧？那么远跑过来吃美食，该不会是失恋了吧？"

小萝莉瞪了我一眼说：“也算是吧，不过比这个更惨……”

“嗯？”

“我给了男友的前任一巴掌，男友说了我一句，我顺手又给了男友一巴掌，然后分手出来……”小萝莉说的时候带着呼巴掌的手势，嘴里还啪啪啪地说着，似乎很大快人心。

我说：“那我得请你吃卤鸡爪，保证你打起来啪啪响。”

“好！”

~ 2 ~

小萝莉叫小拖鞋，必杀技是铁砂掌，那年被初恋抛弃后便辞职当了旅行体验师。

起初她母亲非常反对，毕竟与她父亲离婚后便母女“相依为命”，但考虑到女儿失恋，精神不佳，还是同意她去那个一走便是十万八千里的涠洲岛。

一到岛上她便跑到海滩上拍照，沿着海岸线行走，思考着文案内容，正入神时突然有一只咸猪手朝她裙子伸了过来。

小拖鞋一晃，一巴掌往那色狼脸上打去，也不知道是临危之际爆发力大还是她本来就力大如牛，她直接把那男生拍进了海里，嘴里还骂着：“流氓去死。”

男生痛苦地捂着自己的脸，委屈地说：“你踩到我写的字了……”

小拖鞋低头一看，是一个大大的心，里面的字已经看不清了，真的是一场误会，她看着男生脸上的五爪红印连声道歉，并把他拉了起来。

“掌印是不是很明显，你是不是毁了我帅气的容颜？”男生说。

小拖鞋鄙夷地看了眼说：“就你，一铁锅脸还帅气容颜？”

“怎么？不服啊，在老家，江湖人送外号‘东北彭于晏’。”

“切……我最烦你这种人了，而且还单眼皮，关键你还是个四眼仔。”小拖鞋说完转身离开。

“喂，你打完我一巴掌就想溜之大吉？”

“那你打算怎么闹？”小拖鞋双手叉腰说。

“闹不敢，我开客栈的，晚上住我那儿当补偿，给你八折优惠。”

“还不要脸到拉客？一定是黑店，打死也不去。”小拖鞋回复道。

“给你打五折行不……”

小拖鞋愤然伸出手准备铁砂掌伺候。“我是那么见利忘义的人吗？”

“三餐我包，我会做海鲜，江湖人称北海食神……”

“成！”小拖鞋收工。

~ 3 ~

被打的男生叫小北，在涠洲岛开了一家“后海时光”客栈，起初小拖鞋以为是没人去的黑店，但没想到里面早已住满了驴友。

随后聊天发现这厮竟然是白羊座，跟自己的大天蝎相克，而且他一个大男生竟然看《甄嬛传》，再加上东北人、单眼皮、自恋等标签……她已经在心里给了他一个大大的差评，想着住一晚当补偿隔天走人然后在微博上黑下他！

小拖鞋一觉睡到午后，洗澡吹完头发后听到一阵敲门声，开门一看发现这个自恋狂竟然端着早餐出现在她面前，而且是用有机菜花和小番茄摆成的一个丛林主题早餐，中间有心形鸡蛋和切花火腿，吐司上画着一个笑脸，旁边是一杯牛奶……

小拖鞋的哈喇子差点儿流出来，不过她还是很自重地说："你这是想收买姐吗？别以为这样我就会给你的黑店好评。"

小北嘿嘿一笑说："当然不是，这只是作为地主的见面礼，没想到你起来那么晚，又加热了几次。"

听到这，她心里暖了一暖，也本着客随主便的原则，小拖鞋痛快地进行了"光盘"行动。

午后，小拖鞋想要四处采风记录旅行体验，而小北熟悉地形又擅长拍照，急需一个身材姣好、肤白貌美的姑娘配合，两人供需匹配，于是一只苍蝇一坨大便就行动起来，忙活了一个下午才回来，两人都光荣地晒成哮天犬。

一到客栈，小拖鞋一顿铁砂掌抱怨小北瞎带路，他一脸无辜但也没多解释，默默走进厨房，用自己擅长的方式补偿她。当一桌海鲜大餐出现她面前时，小拖鞋只说出一句话："这怎么好意思呢？"

"别客气，这是北海食神补偿。"

"要不我们AA制[①]吧，这么一桌肯定很贵吧？"

"也不贵，不到八百块。"

"那啥……我们开吃吧，你一定饿坏了……"

---

① 通常指在参加聚餐等活动中，每个人平均分担自己的费用。

一桌海鲜一壶黄酒，任何姑娘都不想走。于是两人有酒有肉聊到凌晨3点，话题也从旅行说到了两个人的前任。

原来，小北的前任受不了这种生活而选择分手，早上在海滩上小北写的是前任的名字。而小拖鞋是失恋辞职旅行，两个失恋的人碰到一起，整个涠洲岛的夜空都变得很湿润、很寂寞。

借着酒劲儿，两人努力看了对方一眼，他问："你相信一见钟情吗？"

她回答："比起一见钟情，我更相信一夜情。"

小北咳嗽了下，小拖鞋说："你放心，你不是我的菜，我心目中的情人有十几个标准，你除了会做饭其他的全部不符合。"

"那么惨啊？"小北喝了一口酒又说，"我听说会做饭的好处就是可以通过一个人的胃走进她的心。"

"也许，但是对我无效。"

"为什么？"

"我明早就要走了。"

小北愣了下，有些失落地说："去哪？"

"星辰大海。"

小北似乎明白了，迟疑了一会儿说："那晚上你早点儿休息。"

小拖鞋也能明白这段微妙的露水情缘，她说："好，你也早点儿休息……不过这两天你帮了我那么多，都不知道怎么报答你。"

"我们东北人都是活雷锋，要什么报答，要什么自行车……"

小拖鞋笑了笑说："那这样，先欠着……我许你三个小愿望，以后有什么事就找我。"

小北看着小拖鞋说："愿望我只要一个就好……就是你留下。"她愣了下，不知道怎么回答，他笑了笑继续说："我知道这是奢望不是愿望，明天一个人注意安全，我就不送你了。晚安……"

~ 4 ~

小拖鞋又一个人四处晃荡着，两人不时微信交流，小北说，他一个人，一条狗，傍晚一碗海鲜面，一盏灯，一首歌，也逐渐适应了。

就这样，一直到了假期，小拖鞋接到他的电话说旺季店里比较忙，需要像她那样一巴掌可以拍死一头牛、充满活力的小伙伴帮忙。

小拖鞋破口大骂道："谁一掌拍死一头牛了，再胡说姐削死你。"

最后小北无奈祭出了"小愿望"，小拖鞋也是看在海鲜大餐的分上，勉强同意过去帮忙。

回到了"后海时光"客栈。

在男女搭配干死不累的合作岁月里，他本是地主，她该是受压迫的短工，结果变成了他喊她小主子，时不时还得吃几个铁砂掌，她喊他小北子，说是过来帮忙，结果她病了几周，反倒把他累成狗。

她喜欢张国荣，他在她休息的房间里贴满了哥哥的海报，然后说，第二个小小的愿望是别叫他"小北子"叫他哥哥，她笑了笑说："好，小北子哥哥。"

假期结束，她又开始收拾行李，端来早餐的小北看到这一幕失落着问："真的要走？"

她说："嗯，我的征途是星辰大海。"

小北突然明白，爱上一匹野马，可惜家里只有大海没有草原……

“一路平安。”

“哥哥，你……还是不送？”

小北笑了笑说：“你走，我不会留，你来，我满手玫瑰去迎接……”

小拖鞋内心涌起暖流，又掺杂些许感伤，迎上去抱着小北哭着道别。

~ 5 ~

小拖鞋再次来找小北，是因为听说他要把店卖掉，当个旅行摄影师陪她征服星辰大海。

无论她怎么反对都无效，最后小拖鞋说只要不卖她就过来打长工，小北马上回复一切听小主子吩咐。

小拖鞋是夸下了海口，可是母亲却严词反对，之前的旅行，出去也没几周，经常能回家，虽然舍不得但也能接受，现在直接在那常驻，一年回不来几次，母亲一百个拒绝，几次争论变成母女吵架，最后母亲说去了就是不认她这个妈。

一面是抚养自己长大的母亲，一面是呵护自己的男人，小拖鞋陷入了矛盾，但是没过几天她似乎也想通了，她看着满鬓斑白的母亲说：“妈，我不去了，我留下来陪你。”

母亲却一言不发地走入她的房间，帮她整理起行李，然后说：“妈妈老了，我若年轻又何尝不想拥有一个浪漫的人生，你去吧。我想好了，既然给了你生命，就要许给你远方。”

她抱着母亲“嗷”一嗓子就哭了出来……

去涠洲岛的时候恰好遇到小台风，船隔天才出航到岸，她没想到的是小北真的手捧玫瑰凌乱地站在码头等着她。

从玫瑰略微衰败的气息上，她看出他等了一夜，小拖鞋感动得眼眶都湿了，然后给了他一记铁砂掌。

她说：“台风来了也不爱惜自己，等个屁等。”

小北说：“你怎么能说自己是屁呢？”

小拖鞋又伸出手掌，他连忙告饶。

由于台风影响，近期没有旅客，两人便开始到处玩耍，小拖鞋说从小就觉得穿着婚纱的新娘最美，小北想都没想就带着她去教堂拍婚纱照。

她穿上婚纱时突然听到神父说：“新郎、新娘准备好了吗？我们开始吧？”

小北正想解释误会，小拖鞋连忙制止并拉着他走了过去。

到了相互表白环节。小拖鞋突然有点儿动容，稳定了下情绪后说：“哥哥，以前我以为我的征途是星辰大海，遇见你之后才知道其实你就是我的星辰大海，我曾经许你三个愿望，你用掉了两个，我知道你为什么一直舍不得用掉最后一个，现在我帮你用掉，哥哥，我们一辈子在一起，一分一秒都不分开。”

意外的是小北竟然哭了，半天后说了一句：“小主子，我们慢慢来，余生多指教。”

就在此时教堂大门打开，真正的新郎新娘到了，神父才知道搞错了，不明情况的新娘打骂着新郎说：“说好当今天的第一对新人，结果你一个大男人画什么狗屎眼线，画半天给人抢了头彩。”

小北哈哈大笑，小拖鞋也幸福地笑了……

~ 6 ~

两人一起经历了下一个旺季，每天要加工七八桌菜，倒两大桶六七十斤的垃圾，忙到晚上十一二点钟，第二天六点钟起床给客人准备早饭、收拾房间……日子虽然忙碌但是充实，而且快乐。

只不过这快乐很快让小北的前任熙熙打破了，她跟家人吵架离家出走，不知道去哪便直接跑来找小北，看到小北有女朋友她也不介意，直接在客栈住下。

小北主动跟小拖鞋说，就收留熙熙几天，等她跟家人和解就让她离开，小拖鞋虽然厌恶，但是表现得很大度并没有为难，谁知道熙熙一住就是一个礼拜，周末晚上小拖鞋买完货物回客栈竟然发现两人在喝酒，而且熙熙还对小北动手动脚，一口一个舍不得要复合。

小拖鞋也是怒火爆发直接跑过去开喷，熙熙也丝毫不忍让，讽刺她是小三挖墙脚，小拖鞋直接一巴掌甩过去，厉声捍卫自己正牌的地位。

小北可能也是没见过这样的场面，看到小拖鞋打人了，维护错了对象反过来说了她几句，小拖鞋顺手也是一巴掌过去，然后回房间收拾行李再次走人……

~ 7 ~

鸡爪、卤味、酸菜面、烧肉粽、煎包、面线糊、鱼丸汤、牛肉羹摆满一桌，小拖鞋却突然哭了。

“怎么了？你饿慌了？”我问。

她摇头说：“不是，看到好吃的就想小北，后来我才知道是自己误会他了，那晚他们两人其实是彻底说开了才喝酒的。”

“那他都找你那么久了，你还是回去吧。”

“可是……我找不到回去的理由。”

“回去还需要理由吗？”说完我拿起纸笔写了几句话递给她，“这是我在你们小店的公众号上发现的。”

我们有一所房子，面朝大海，春暖花开。

我们有一个院子，养一条狗，栽几棵树。

我们有一个梦想，种在涠洲，落地生根。

“这些幸福，缺你不可……吃完这些小吃就回去吧。”

小拖鞋哭着点头说：“嗯，可是那么多好吃的吃不完怎么办？”

我嘴角抽搐着说：“那你打包带着路上吃。”

后来小拖鞋告诉我，她回去时小北依然满手玫瑰站在码头等着她，然后带着她去海边升起篝火，一起躺在海滩上看星空。

小北说：“真怕你再离开。”

小拖鞋说：“我不是离开，我只是归来，别忘了，你才是我的星辰大海。”

小北笑了笑转身在她的嘴里讨水。

小拖鞋刚认识小北时发现两人属相不合，心里咯噔一下；星座也不太合，心里又咯噔一下；还是一个自恋的东北人，心里更是咯噔一下；偏偏又是个单眼皮的四眼仔，直接心碎成灰……

可到了最后，她才知道，爱情哪有那么多合与不合，哪有那么多标准，遇见了就是最好，世界那么大，遇见了就不要错过。

是啊，遇见他，就是他，我们始终相信很多事情冥冥中早有注定，所以相遇也就成了必然。

在爱情的这场征途里，遇见你之后的每一天都过成了我想要的样子，多谢你如此精彩耀眼，做我平淡岁月里的星辰大海。

我们慢慢来，余生多指教。

每句晚安都是爱你

那么，晚安。

这么，爱你。

~ 1 ~

《深圳合租记》开播时，我一直在微博上“调戏”美呆（鬼鬼吴映洁扮演的角色），后来鬼鬼的粉丝小柔爱屋及乌地开始在微博上“调戏”我。

相识后，我们约在乔咖啡聊天，可能是那夜月色太迷人，我又恰好穿着一件格子衬衣，她一开口就收不住，一直聊到凌晨。

此时，微信响起，她皱了下眉，立马关掉手机。

我问：“怎么了？是不是被附近的人骚扰，或者是摇一摇？”

小柔恨恨地看了我一眼，说：“是一个每晚都给我发晚安的人，而且一发就是两年多。”

我笑了笑说：“同一件傻事，一次是骚扰，坚持了那么久就不是骚扰了。”

小柔反问：“那是什么？”

我说：“简直是赤裸裸的挑衅。”

小柔傻眼。

我说：“开玩笑啦，能坚持两年多每晚都跟你说晚安，简直比微信公众号还敬业，我看你象征性挣扎下还是从了吧。”

小柔说：“开什么世界玩笑，好马不吃回头草。”

~ 2 ~

小柔所说的回头草就是她的前任，番石榴。

三年前番石榴出差去郑州出席互联网产品推介会，在现场被告知所有来宾都要在签名簿上留下大名。

番石榴的字拿不出手，推脱着不想签，随后一个女生杀出来拉着番石榴的手愣是非要他签。

这个女生就是小柔，看着她洁净的笑容，番石榴挥起大笔签下了自己的大名。所有人凑过去一看，这大字扭得跟蚯蚓一般。

随后的推介会他绞尽脑汁想尽各种办法试图接近小柔，最后他还是选择了史上最没诚意的搭讪方式，走过去说：“我手机没电了，你的能借我下吗？”

热情的郑州姑娘毫不犹豫地借给了他，于是他悄悄地把她锁屏的自拍照传到了自己的电脑上。

到番石榴介绍产品的时候，工作人员把文件打开，大屏幕上显示的竟然是小柔的照片。

所有人傻眼，小柔红透了脸，番石榴非常淡定地说："我一直以为我设计的产品是世界上最好的，但是今天我才发现，这世界一切的产品都不如郑州姑娘完美，所以我以郑州姑娘的照片作为此次产品推介会的序幕，以激励我为做出无限接近完美的作品而努力。"

台下哄堂大笑。

那晚小柔请番石榴喝了咖啡，两人畅聊到凌晨，道别时，他只跟她说了一句晚安。

~ 3 ~

从那以后每天同样的时间，番石榴都会跟小柔道一句晚安。

后来番石榴回北京，巧合的是，小柔成了番石榴的产品对接人，于是两人经过几周无间断异地缜密彻夜透心交流后，感情更加浓厚了，恰好此时番石榴出差又到了郑州。

晚上，番石榴被类似隔壁老王家生了狗崽子需要庆祝的理由灌了个透，架不住八人轮番轰炸直接醉倒，直到凌晨都没能给小柔发晚安。

另一边，小柔躺在床上拿着手机等着收了晚安就睡觉，她发现自己已经逐渐喜欢上了这个"晚安"，心里开始在乎这个人，可这会儿迟迟等不到，她又开始失落怨恨。

就在此时，敲窗声传来。她推开窗一看，原来是醉醺醺的番石榴爬了上来，小柔骂道："你不要命了，爬那么高。"

番石榴说：“只想在你耳边说句晚安。”

小柔甜蜜地笑了，他继续说：“每次看你回复晚安都要亲下屏幕，这次想亲下你。”

听到这些情话小柔的心都酥了，当然不会拒绝这个吻，她凑过去迎接这个晚安吻。

只听一声大喊“你干啥”，两人转头一看，保安在底下举着电棍朝番石榴挥舞着。

他脚下一滑直接摔下来，还把保安同志压个正着。

就这样，两人正式确定了情侣关系，每个晚上番石榴都一如既往在凌晨时刻和小柔道一声晚安，然后隔着屏幕给一个晚安吻。

每个周末他都搭上去往郑州的高铁，在她耳边说一句晚安，然后在她额头上留下一个晚安吻。

听到这，我问小柔：“这般恩爱不发朋友圈秀上一番简直浪费，可你们到底为什么分开？”

其实谁都知道，异地恋的情侣，不是已经分手就是走在分手的路上。

很多时候，爱情再美好，不是输给了距离，就是输给了不够勇敢。

当然，导火线还是两人相处一年后的某次手机意外。

番石榴洗澡出来就被一个枕头砸到，小柔拿着他的手机质问：“这个女的是谁？”

番石榴承认那是对他有兴趣的同事，但是他没同意。

小柔死活不信，跟番石榴大吵一架之后就打车回家，番石榴无奈只能先坐飞机回北京上班。

~ 4 ~

番石榴一如既往地说晚安，却收到了小柔的分手信息。

番石榴发誓自己绝对不会背叛爱情。

小柔说："不是因为这个，是这段时间想清楚了。"

番石榴不解。

小柔说："任何甜言蜜语都比不上大姨妈来时的一杯热红糖水。"

番石榴突然不知道该怎么回答。

后来在家人的安排下，失恋后的小柔走上了疯狂的相亲之路。

而痛苦的番石榴只能坚持着每天凌晨说句晚安然后在心里诅咒她相亲遇到抠脚奇葩。

我对小柔说："其实，聪明的女人永远不查男人的手机。"

小柔反驳说："爱一个人就应该对对方毫无保留，他也可以查我的手机。"

我说："爱并不是占有，如果是真爱就多给对方点儿信任。"

小柔叹了口气说："即便我们和好了，我在郑州，他在北京，我们最后还是不能在一起。他虽然是北漂，但是工作那么多年了，让他重新开始他不可能割舍下。而我从小在郑州长大、学习、工作，连上大学每个周末都回家，更不可能离开。"

番石榴依然坚持着每夜凌晨一个晚安，小柔相亲还是没成功，但是两人依然没有复合。

上个月番石榴的公司又要去郑州推介新产品，小柔还是接待员，然而这次番石榴却没有出席。

好不容易有次见面机会，没想到番石榴竟然溜了，小柔非常生气。

推介会上产品经理开始上台展示，小柔无精打采地站着，此时却忽然听到了熟悉的声音，随后是满满一叠火车票出境，动画效果也展示着郑州到北京的距离。

旁白说："从北京到郑州全程七百公里，五十多趟，来回共七万多公里，可绕地球两圈。小柔，一路翻山越岭不顾一切前行，只为在你耳边说句晚安。"

小柔傻了，那是番石榴的声音，随后的画面上，番石榴抱着吉他弹唱着《关于郑州的记忆》。

关于郑州我想的全是你，
想来生活无非是痛苦和美丽；
关于郑州我爱的全是你，
爱到最后我们都无路可去。

歌声还未结束，小柔已泪流满面冲出会场，她直奔高铁站买了去北京的票，却在检票口被一只手拦住，小柔抬头一看，竟然是番石榴。

他说："小柔，我没出席产品推介会是有原因的。"

他接着说道：“我已经辞职了。”

小柔呆在当场。

他说：“小柔，都说我们之前缺少冲动，那么我愿意为你冲动一回，我决定放弃北京的工作来郑州和你重新开始。只为了每天晚上抱着你在你耳边说一句晚安。”

夜深了，你最想跟谁道晚安？夜深了，会是谁跟你道晚安？

窗外灯灭了，音乐低声了，睡前发觉甚是想你，所以就跟你说句晚安。

有你的被窝才算温暖，抱着你的夜才能说晚安。

其实，每一夜的说晚安都是在说爱你。

那么，晚安。

这么，爱你。

初恋马尾辫

在人生这条长跑路上，
是她领着我们启航，教会我们如何去爱。

~ 1 ~

过年回泉州参加了老同学的婚礼，初中同桌鸡腿告诉我，小雅跟她的第二任男朋友分手了。

听完我一愣，偏偏此时小雅径直走进现场坐到了我对面。

大家寒暄几句后，我喝了一杯酒开玩笑说："雅，你也老大不小了，快成家里的镇宅门神了，到底什么时候嫁出去呢？"

她笑了笑说："不知道……"

我一乐，正想说实在嫁不出去就从了我吧，反正我也不挑。

可没想到她继续说："回去我跟男朋友商量下吧。"

听到这句话我瞬间蒙了，说："那恭喜啊。"

她回我一笑，这笑容清晰如初。

结束后一伙人都去灌新郎新娘，我站在角落边喝边看热闹。

忽然一个酒杯出现在我面前，我转头一看，竟是小雅。

我们干杯闲聊，微醉时她忽然问我："你还记得毕业时我在你衬衣上写的那些字吗？"

我愣了下，点头说："一辈子都记得。"

小雅笑了笑，问："那么多年你难道不想问那些字是什么意思吗？"

我反问："不是一句毕业祝福吗？"

小雅瞪大双眼，没再说下去。

良久，喝醉的她将当年那无法说出口的爱慕和盘托出，我一阵心酸，突然想哭又想笑。

可无论如何，小雅，你还不是要嫁给别人了？

~ 2 ~

喜欢小雅要从初一开学说起。

当时《灌篮高手》热播，班主任一条香肠嘴又人高马大，于是我送他雅号大猩猩，没想到他一生气把我排座到后排。

我默默地踢着课桌底梁抗议着，一不小心踢到了前桌女同学的椅子。

原本我还有点儿不好意思，哪知道她转过头朝我瞪了一眼说：“你有小儿多动症啊！”

我不服气，她凶巴巴地威胁我说要报告班主任。

听到报告班主任我就更恼火，直接一脚朝她椅子踹了过去。

我完全没注意到她正在给钢笔吸墨，这一威力巨大的天残脚直接把她手中的墨水打翻，溅到了她的白衬衣上。

接着是一阵尖叫，然后引来班主任，他二话不说直接抓起我桌上的英语课本，劈头盖脸地打下来。

课本砸中了我的鼻梁，鼻子一酸眼泪直接掉了下来，随后我便落得一个“爱哭鬼”的称号，对于风华正茂的我来说这简直就是一种耻辱。

为了洗刷这耻辱，我决定“报复”小雅，具体方式就是揪马尾。

为了揪得更顺利，我让同桌鸡腿通风报信且事成后掩护我逃窜。不一会儿，鸡腿飞快地跑来报信，我像是小兵张嘎听到冲锋号令一样飞奔过去快速揪了下小雅的马尾。只听“哇”一声，她转过头来，我早已开足马力跟着鸡腿窜入人群。

可我光顾着逃窜没看清路，直接撞到了人，而且是满马力的撞击，最关键的是这货竟然是大猩猩。

小雅向班主任直播了我的罪行。

我一紧张，连忙语无伦次地告饶道：“老……老……老爷，不对……大……大哥……不……大爷……”

班主任一巴掌拍来说：“去你大爷。”

出师未捷身先死，长使英雄自挂东南枝啊！

经此一役，我算是跟小雅誓不两立了，但是身为九尺男儿，怎么能忍下这口气。于是我开始新一波反击。

鉴于前几次都留下在场证据，而且关键时刻总杀出大猩猩这家伙，这回我做好了充分的准备。

那天化学课做沸水实验，我提前偷偷在小雅桌位旁的水槽干净处放了一块钠。实验结束后她把水倒入水槽内，不出所料，钠块一遇水就快速燃烧起来，小雅被吓了一跳。

但我没想到的是火焰竟然会四处乱蹿，眼看火苗就要蹿到小雅身上，我连忙冲过去挡在她面前，火苗溅到我白衬衣上，烫出了好几个洞。

我连忙脱掉衬衣，随即盖上水槽隔离。

这时，我听到一句“谢谢”，转头一看，竟然是小雅。

原本是报仇，结果却成了英雄救美，我突然不知道该怎么回应。

她的声音是那么温柔，而我也第一次看清小雅的脸，她左脸有一个浅浅的酒窝，仿佛全世界的水都在里面荡漾。

接下来的日子，我们像是签订了边境和平协议，除了我偶然揪揪她的马尾，她拿英语课本甩我然后骂道：“爱哭鬼你再楸我头发我就跟你绝交！”除了偶尔我用笔头扎她后背，她报告老师，害我整节课都罚站，我们相处得还是挺友好的。

那天周五放学，小雅转过来问："爱哭鬼，你明天有空吗？"

我纳闷地问："难道你想跟我约会？"

小雅鄙夷地说："你想得美，明天要画黑板报，我看你整天在英语课本里乱涂乱画，本着不让书本继续遭罪的原则，同时也给你一次改过自新建功立业的机会，你明天来学校画黑板报吧。"

我说："天啊，这是天赐良机吗？"

小雅应答："对啊。"

我说："好，那我没空。"

啪。

又一本课本甩了过来。

~ 2 ~

周末我还是来了，当然，肯定不是怕了小雅，我怎么可能怕这丫头片子呢。

主要是她后来要死要活地求了我很久，眼泪都快淹了整个教室，我也是本着救苦救难大慈大悲的菩萨精神，勉为其难地答应了。

小雅对我说："反正你属于后备军，等我们描好框，写好字，你就在旁边补充点儿画。"

我反问："画什么都行吗？"

小雅点头，于是我开始左右开弓，在文字剩下的空档处画了很多非常可爱的——粑粑。

小雅二话不说直接抓起桌上的书，我连忙撒腿就跑，小雅也追了出来。

跑到学校的小池塘旁，小雅实在追不上我，就大喊道："爱哭鬼，你要是敢再跑，明天上课你就死定了。"

我回应道："谁死还不一定呢！"

说完我立马停了下来。

小雅手拿着凶器——英语课本砍向我，说时急那时快，在她手中的屠龙刀落下前 0.01 秒那一刹那，我率先发起攻击，伸手拉住她的马尾辫。

她一声尖叫，我躲过了这一袭击，但也恰恰是我这一拉，她整个人没站稳，直接跌了下去，哪知道她正好拉住我的领口，我们两人直接掉入小池塘里。

其实小池塘的水根本不深，我很快站了起来，小雅却是一个怕水的旱鸭子，一直呼喊着，我连忙伸手过去拉她起来。而她就像是抓到救命稻草一样，直接又把我狠拽了下去……

我感到嘴中一阵软软的感觉，似乎还有点儿温度，一开始我还以为是池塘水，可睁开眼睛才发现是小雅的嘴唇。

这下子完蛋了，平时揪她个马尾她都会砍了我，这次直接夺走她的初吻她不得把我变成李莲英啊。不对，貌似我的也是初吻，我还亏了。

不过这个时候我没想那么多，把她抱上岸赶紧撒腿准备逃跑。

"站住！"小雅大喊。

我心想惨了，以后我的姓氏要改成东方了。

她说："转过来。"

我战战兢兢地转过身。

她继续说：“过来。”

我吓了一跳：“那个……我刚什么都没干，你别杀我。”

她说：“什么都没干？你小子睁眼说瞎话啊。”

我说：“啊……我只是一不小心夺了你的初吻，但我不是有意的，我的也是初吻，我们扯平，要是你觉得亏了我让你亲下好了。”

小雅愤愤大喊：“爱哭鬼，你给我滚过来。”

我想这次真的死定了，慢吞吞地倒在地上滚了过去，在她面前站了起来。

小雅无奈地伸出手，我吓得做出了十八种防守姿势。

她笑了笑说：“我脚疼，背我去宿舍换衣服。”

我忽然觉得小雅的眼睛很美，仿佛七月青海湖上空漂浮不定的白云。

~ 3 ~

那天后，我多多少少也想过我第一个女朋友说不定就是小雅，但是很快就打消了这个念头。

周一上课，有史以来第一次那么和平地度过。

正当我纳闷时，同桌鸡腿说请我喝可乐，随后磨磨唧唧说：“我很喜欢小雅，你跟她那么熟，能不能帮帮忙？”

实话实说，听到鸡腿这话的时候我内心确实震了下，但是很快就恢复了平静。

我说：“那是你自己的事。”

鸡腿急了，说：“喂，你还是不是兄弟，当初你被她欺负，报仇的时候还不是我把风？”

我无奈地说：“好了好了，我最多就是帮你传个东西，成不成那是你的事。”

“行！”

当年大家都比较腼腆，递情书就跟偷渡一样，最后我选择在小雅回家必经的小巷里帮鸡腿送情书。

可当小雅出现在小巷里，我却犹豫着不敢上前，直到鸡腿一脚把我踢出来。我拿着情书跌跌撞撞地出现在小雅面前，而她也停下脚步，低着头没敢看我。我激动，快速把情书塞进她手里，然后赶紧跑去骑车。鸡腿这货，自己先跑了……

接下来的日子里，小雅基本上再也没有转过头来，甚至我不小心踢到她的椅子，她也没吱声。

我很疑惑，几次想找她问问，但是看到她一脸冷漠，我马上又闭嘴了。

直到期末前画最后一次黑板报，好不容易等到跟她独处的机会，我连忙走到她身边，轻声问：“最近你到底怎么了，怎么都不搭理我？”

小雅沉默了一会儿说：“我觉得我们现在年纪都还小，是不是应该把读书放在第一位呢？”

我莫名其妙地说：“本来就是第一位啊，这有什么好想不明白的。”

小雅说：“那你就不应该送情书……”

她不会认为情书是我写给她的吧？我赶紧解释说：“你是不是搞错了？那情书是我帮人递的……”

听到这儿小雅的眼神更加奇怪，我连忙补充说：“你该不会以为那情书是我写给你的吧？你想多了吧，像你这样五大三粗的女汉子就算充话费白送我都不要，怎么可能写情书给你呢！”

说完我还干笑了几声，其实我真的只是开开玩笑来缓解尴尬。但是没想到小雅忽然一脸愤怒地说：“戴阿强你这浑蛋，你这爱哭鬼，我跟你绝交！”

小雅骂完直接把黑板擦甩我身上，然后转身离开。

原谅我当时并没有想清楚，还单纯地以为她是恼羞成怒。很多年以后，当我明白了她为什么离开，夜却已深了，灯也已凉了。

~ 4 ~

由于没有手机，打固定电话会被家人接到，所以整个暑假我们都无法联系，再加上初三调座位，看来她说的绝交是玩真的了。

偏偏又从鸡腿那得到一个爆炸性消息：隔壁班的大福经常“护送”她放学回家。

大福是有名的混混，明显是垂涎她的美色想在放学途中图谋不轨。

本着伸张正义的念头我决定再次堵截小雅问个清楚。

犯罪地点依然是那个必经的小巷子。黄昏，我靠在墙壁的角落，留下一剪淡淡的身影，如果当时有美图秀秀，一定能拍出周星驰的风范。

我愤愤地拦住小雅质问："你为什么不搭理我？"

小雅说："不是跟你说绝交了吗？"

我不知道怎么回答，随口说："我又没有揪你马尾凭什么跟我绝交。"

小雅被我的逻辑绕进去了。恰巧一旁的大福走了过来，说："小雅不想跟你聊天，识相的话给我滚蛋。"

平时的我肯定不敢跟混混抬杠，但是当时不知道为什么，憋着一股气，就算是天王老子过来也得闹闹天宫。于是我大骂道："娘的，我跟她的事轮不到你管。"

大福也大骂道："要不是小雅在这我早揍死你了。"

听到大福的话我当然也不服气，说："有本事揍我啊。"

我刚说完大福真的一拳打过来，正中我鼻梁，鼻血马上流出来。我不管三七二十一，一脚直接踹到大福肚子上，然后两个人厮打在一起。

小雅好不容易把我们拉开，然后对我大喊："你快走！"

我说："我不走。这个浑蛋是流氓，他会害了你。"

大福也怒了，说道："我叫人天天揍你信不。"

我大喊："有本事你叫啊。"

小雅听到这，连忙大喊："你走，你别管。"

我喊着："凭什么不让我管。"

小雅也喊着："你以为你是我的谁啊？"

她这样一问，我忽然不知道该怎么回答，要不要回答一句我是你男朋友呢？

我说不出口，只能转移话题说："他就是一个流氓，他……"

小雅打岔说："他是我男朋友。"

听到这里我直接蒙了，忽然觉得自己很可笑。

当我还没彻底清醒过来时，小雅又喊："你走。"

年少的时候总是有些无知，总以为自己是棵大树能够保护自己心爱的人，但后来才发现自己只不过是地上的一根野草罢了，风一吹野草就被吹趴下了。不过长大以后再回想起那些"勇敢"的往事，却从未后悔过，因为那时年少轻狂，以后再也不会有。

~ 5 ~

后来我们再也没有交流过，一直到毕业典礼那天，我才听鸡腿说小雅报考的是泉州七中，离洪濑镇特别远。

小雅作为优秀毕业生上台演讲，虽然隔得远远的，但我依然能看清她左脸的酒窝，美得诱人。

一旁的鸡腿对我说："唉，那么好的姑娘，愣是没有泡到手，真的太可惜了。"

我说："人家早有男朋友了，轮不到你。"

鸡腿诧异。

我说："大福啊！"

鸡腿骂了一句："怎么可能，大福那种人怎么配得上小雅。"

我傻眼。

鸡腿又问："你从哪听说大福是小雅的男朋友的？"

我不知道怎么回答。鸡腿继续说："你是不是看到大福天天尾随小雅就瞎猜？我告诉你，根本没有这回事，为了这事我还问了大福的妹妹，小雅压根就没有答应。”

我问：“那为什么小雅天天放学都让他陪着呢。”

鸡腿说：“我也不太清楚，听大福的妹妹说好像是怕大福去打谁呢，然后就答应了。”

打谁？难道小雅是害怕大福真的带人打我所以才……难道那天小雅是为了保护我让我走所以才说大福是她男朋友？

我忽然觉得自己是一个浑蛋。

此时，小雅刚好演讲完，下讲台的时候马尾上扬了下，像是最初见到她的那一刻，那个坐在我前面的马尾女孩儿，有些调皮，有些可爱。

典礼结束，响起小虎队的《星光依旧灿烂》，大家都在哭泣、拥抱、交换礼物，所有人疯了似的在彼此的校服上签字画画。

鸡腿从我手中夺走笔，然后跑到小雅跟前，在她校服上签了很丑的名字，还画了一个大大的心。我想，这算是鸡腿最后的表白吧，他至少有勇气，而我呢？只能在一边静静地看着，静静地发傻。

快散场时我曾想走过去跟小雅告别，但还是没鼓起勇气。正要转身离开的时她却出现在我面前。

她问：“难道不在我校服上签个名吗？”

我点头接过她手中的笔。

她说：“后背没位置了写前面吧。”

我靠近她，两人突然离得那么近，我连忙低下头，视线中出现的却是她刚刚发育的胸部，我一下就蒙了。

“看什么呢？赶紧签啊。”小雅打断道，我忙回过神来，随即在她衣角上签下了名字。

我问：“可以画点儿什么吗？”

小雅点头。

我又问：“什么都可以吗？”

小雅笑了，说：“当然。”

于是我画了一个很可爱的——粑粑。

小雅看完笑了一笑，彼时一起画黑板报的记忆历历在目。

随后我把笔递给小雅说：“换你签了。”

她说：“转过去。”

我说：“签前面就行了啊。”

小雅推了推我，说：“让你转身就转身，废话那么多。”

小雅在我背后签下了一行字。我心想：“写了那么多字，写的是什么呢？”

我正要脱下来看时小雅忙制止说：“回家看。”

我点头。

小雅问：“你暑假有什么计划吗？”

我说：“在家里看看书，写写东西，搞不好以后能成为作家，然后把你写进我的故事里，各种欺负得你哭不出来。”

小雅笑了笑说：“好啊，我等着。”

我问：“你呢？”

小雅说：“爸妈要带我去国外旅游。”

也就是整个暑假都见不到面了？然后开学她要去七中，我突然不知道说什么好。

小雅继续说：“我得回家了，你多保重，再会。”

我说：“再会。”

小雅转身正要离去，我忙喊住她：“等等。”

她转过来，看着我，一副期待的样子。

我说：“有个请求，不知道可不可以答应我？”

她疑惑了下。

我笑了笑说：“不是亲你，你放心。”

小雅笑了笑，随即张开双手要跟我拥抱。

我说：“也不是拥抱。”

小雅更加疑惑。

我说：“你转过去。”

小雅纳闷地转过身。

此时，我伸手过去抓了下她的马尾。

小雅转身破口大骂：“爱哭鬼，你再揪我的马尾我就跟你绝交！”

~ 6 ~

毕业典礼结束后，我骑着自行车回家，突然被一根棍子绊倒，整个人摔进水坑里，随后大福领着一伙人暴打我。

等我回家脱掉衬衣想看小雅在我后面留下的字时已经是一片模糊，后来小雅出国旅行，又去了泉七读书，我们失去了联系。

再次见面已经是高中毕业即将步入大学的同学聚会，她已剪掉马尾换成一头干练的短发，听说她交了男朋友，我就没敢过去跟她交流。随后我们各奔东西。

很多时候我在想，如果我没帮鸡腿递情书，如果我没跟大福打架，如果我当时赶紧看了衬衣后面的字，这个故事该往哪个方向走?

但是历史没法重写，就像是旅行前我们很难想象坐在我们旁边的旅客是怎样的模样，青春的高铁一旦开动我们就得一路前行。

由于喝得太多我便昏昏入睡，再次醒来是被妈妈叫醒，自从读书以来，每个清晨我都是被妈妈叫醒的，没想到多少年后她依然坚持这个习惯。

大学后我一个人在外，所以房间的摆设依然保留了中学时的模样，每次醒来还真让我有种时光倒流的错觉。

妈妈依然在楼下喊着："强，速度快点儿，你要迟到了。"

迟到？难道今天约了人？可能昨晚喝多了我记不起来了。打开衣柜，里面挂着我中学时候的校服。

我顺手拿起毕业时那件校服，然而让我诧异的是校服上竟然干干净净，记得曾经小雅在上面留过言然后被雨水浸泡后变成了污迹的，不对，污迹怎么消失了?

此时妈妈又喊着："你到底去不去参加毕业典礼？"

毕业典礼？难道时光真的倒流了，还是我长大后的一切都只是一场梦，现在梦醒了。

我骑着自行车来到学校，一切如回忆一般，如出一辙。

我分不清一切是回忆还是梦，只是静静看着小雅在舞台上演讲着。

典礼结束响起的还是《星光依旧灿烂》，依然是哭泣、拥抱、交换礼物、校服上签字画画的场面……

小雅走到我面前，简单交流后我在她衣服上画了粑粑，而她还是让我转身写了一句话并嘱咐我回家看，我点头答应。离开前我忍不住揪了下她的马尾引来她破口大骂。

看着她离开后我迅速跑到洗手间脱下衣服。

无论是时光倒流还是梦一场，这次我一定不会再错过，我知道。

我满心期待地把校服转过来一看，然后幸福地笑了。

我满脸笑容冲出去找小雅，我想无论如何这次我再也不会错过。巧合的是小雅也正好走过来，我叫住了她准备表白，可她刚转过头时下课的铃声忽然响起……不对，这铃声好像不是下课的声音，而是闹铃声？不对，我中学时候的闹铃声好像跟下课铃声一样……

到底是哪个声音？

每个人都有过初恋，你的那个姑娘是否也绑着马尾？

初恋现在是在你的花房里还是在别人的婚床上？

无论如何，若是能跟初恋携手到老，做梦都会笑醒。若中途离散，我们也不曾遗憾，因为在人生这条长跑路上，是她领着我们启航，教会我们如何去爱。等我们慢慢长大，逐渐变老，方觉得这份成长最真切、最真心。

所以，初恋。你好！谢谢！再见！

曾经想和你过一辈子

在错的时间相遇，但你一出场我就输了。

~ 1 ~

很多时候，前任就像一坨屎，你好不容易丢了它，但日久天长它又风干在地上。

当然，也有人会觉得前任是道不能揭开的伤疤，他们不愿提起，只能永远尘封在记忆里。

有的人依然爱着前任；有的人恨透了前任；还有的人对前任心存感激……

关于前任，这是一个跟初潮一样难以言喻的话题。

我和小仙儿是在一次版权合作会上认识的，闲聊时她说在朋友圈看过我写的故事，很是喜欢，以后有机会找我请教情感问题。

我说："别，一般留言给我的都是过得不太好的，另外，你年纪也不小了，我真不想当失恋妇女之友。"

小仙儿没有喷我毒舌，反倒是笑了笑。

我以为她只是说说而已，没想到过几天真的收到了她的微信："前任送来戒指，我该怎么办？"

我愣了下反问她："那你现在还喜欢他吗？"

小仙儿答："不知道。"

我又问："那好，你现在是单身狗还是在秀恩爱？"

小仙儿答："我有个男朋友，但是他对我没前任那么好。"

我又问："那其实这个问题很简单，你喜欢谁多一点儿？"

小仙儿跟我说了很多前任的事。两人高中相识，前任君不顾家人反对和小仙儿报考了同一所大学，两人一起彻夜搭绿皮火车去海边看日出，然而当天阴天。前任君为小仙儿在操场放烟花，结果烟花倒下直接喷向前任君的屁股。小仙儿发烧，前任君男扮女装跑女生宿舍送药，结果当晚领导突击检查，前任君无奈从窗户跳下，摔伤了胳膊……

末尾，小仙儿说他们经历了很多很多，曾经真的想和他过一辈子。

我说："你说了那么多美好，却都是曾经，所以你们为什么分手？"

小仙儿想了很久，说："他人很好，也很浪漫，但是交往时候对我限制很多，不让我剪短发，不让我穿拖鞋，所以……"

我又问："现在这个男朋友呢？"

小仙儿说："跟他在一起感觉更自由，虽然他没那么帅。"

我说："那我就不用多说什么了，答案问你自己的心。"

果不其然，隔天小仙儿告诉我说她把戒指寄还给前任君了。

我们怀念前任的美好，但是怀念并不代表回头，不代表放弃现在。

曾经沧海难为水，除却巫山不是云。任何美好的东西加上前字都变得悲凉，让那些曾经的美好成为回忆的一部分，珍惜当下，让未来的我们不再有前任。

~ 2 ~

《志明与春娇》是我很喜欢的电影。

志明与春娇在后巷抽烟的时候相遇，春娇为了能经常见到志明，即使自己有哮喘，也会以吸烟为理由接近他。两人相恋后，春娇仍然不知不觉中一点点地为志明作着改变。

后来两人分手，分别迎来了新的恋情，但是当春娇真正要选择新的男友时却忽然想起了前任张志明。

春娇对 Sam 说："我自己都不知道，从什么时候开始，他影响我那么深。"这种影响可能是趴在马桶边看干冰升华的小癖好，或是一举手一投足，也可能是人生观、价值观。最重要的是，他变成一种神奇的物质，融入你的身体里。

再后来张志明对新女友尚优优说，不是谁更好，而是习惯，就好比一份大家都觉得很难吃的面，但是他吃起来却觉得特别好吃，因为这是曾经美好的记忆。

后来两人偶遇，春娇对志明说："我被你影响到我自己都不知你影响了我，我很努力地去摆脱张志明，最后发觉……我成了另一个张志明。"

所以最后两个前任复合。

也总有一些前任会复合。因为，爱一个人，总会留下印记。

比如喝热饮从不用吸管，因为你每次都会回想起他严肃地说："热饮不可以用吸管！要记牢！"

所以任何感情都需要我们共同认真地去呵护，而不是对问题置之不理，直到分手……

在如今物质丰富的时代，对于我们来说，东西坏了就换掉，因为换一个更省心。

其实，东西坏了不一定非要换，因为它是可以修的，修一修就好了，为什么非得换呢？

情感也是如此，所以那么爱他，就不要让他成为前任。

~ 3 ~

我的大学同学小晨晨，跟前任分手很多年后依然没有进入下一段感情。

有一次她来北京出差，吃饭的时候我问她为什么还单身。

她说前男友留给她的痕迹太深了，自己潜意识里依然觉得是他的女朋友，脑海里有太多挥之不去的记忆。

她说，曾经真的想和前男友过一辈子。

比如之前坐地铁她永远也分不清广播说的左侧开门、右侧开门。后来前男友说面朝地铁前进的方向，如果是左侧开门就认准你的左手边，右侧开门就认准你的右手边。

虽然两人分开了，只要广播响起，前男友的话语仍在耳边回响。

再比如冬天的公交车把手永远很凉，当时前男友追她的时候不敢有太多越界的行动，但是很贴心地把把手搓热，再让小晨晨抓，现在的她每一次搭公交，一握到冰冷的把手都立马落泪……

她前男友也是我校友，在北京工作，有了新女朋友。后来我组了一个局，请他们吃饭。

阔别多年，两人再次相见，小晨晨却没有像之前跟我说过的那样抱着他哭，或者给他一巴掌，她异常平静地吃完这顿饭，两人有说有笑。

饭后我们一起喝茶，小晨晨说："不知道为什么，真的再见，却忽然觉得自己原来早就放下了，执着了那么多年，是时候放弃了，也终于有勇气再去爱另外一个人。"

没错，忘记前任最好的方式就是进入下一段爱情，趁着年轻赶紧再疯狂爱一场吧。

~ 4 ~

关于前任，我们有太多太多话想说。

曾经，你只是路过我的世界，我却给了你我的一切。

曾经，在错的时间相遇，但你一出场我就输了。

曾经，我对你说，我不会经常想你，我只有在呼吸的时候才想你。

有的人会恨前任，有的人会和前任复合，有的人忘记了前任。

但无论结果如何，谢谢你，是你教会我成长，以更好的自己去面对未来的生活；你的一言一行都融入我的世界里，让我带着你的痕迹迎接下一段成熟的恋情。

前任，你来过我的世界一下子，我却记得一辈子。

前任，曾经真的想和你过一辈子，曾经！

浮游在我脑海的你

那人站在阳光下的阁楼里，恰好又那么温柔。

~ 1 ~

偶然收到阿木的私信。

他问："我喜欢小萱六年了，如今却找不到她，我还要等多久？"

这我怎么回答？安慰说等待是最漫长的告白？

阿木说，他高中就暗恋小萱，经常在梦里梦见小萱，青春期梦见自己心爱的女孩儿都是春梦，但阿木梦见的却是小萱的各种糗事，比如跑步摔成大蛤蟆、体育课被篮球砸晕、走进教室裙子被门槛割破。

我回复说："都是梦，别当真。"

谁知道阿木说："但是这些梦隔天都应验了。"

我愣了一下，本来想反驳，但是大千世界无奇不有，听他讲一讲这个奇怪的预知梦的故事吧。

~ 2 ~

那时阿木几次都想告知小萱，却又开不了口，一方面他确实勇气不足，另一方面他也担心梦只是巧合。

到了高二那年，阿木再次做了噩梦，跟之前不一样的是，这次梦里是血淋淋的生死现场。他大清早被吓醒就慌忙蹦起来跑去学校，到了校门口才发现自己忘记穿裤子引来了无数人侧目。

眼看时间来不及了，阿木随手捡起一个塑料袋穿上，突破门卫大爷的拦截飞奔进校园。

如梦里的情景一样，一辆失控的车冲向人行横道，正撞向小萱，生死攸关，这次阿木鼓起勇气扑了上去。

危险是躲过了，但由于惯性，两人滚进旁边的红土泥堆里，小萱一身潮湿的红土，就像一身血一样。

阿木愣了下，竟跟梦里的情景一样，只不过他误以为红色的是血。

小萱跟阿木说谢谢，阿木兴奋不已，站起来就要扶小萱，此时小萱看着阿木却一声尖叫，阿木低头一看，原来自己的塑料裤子早已不翼而飞，他连忙双手护住裤裆。

虽说第一次营救有那么些美中不足，但是阿木的预知梦又给他带来了新的机会。

小萱是美术特长生，每天都要在画室里画图，而且一待就到凌晨，累成了一条狗。这还不是最关键的，你想想月黑风高的晚上，一个女生待在灯光昏暗的画室里，总归还是不太安全。

没错，阿木梦到小萱被骚扰，于是他一大早就带着一根木棍乔装进画室守护她。

说起来也奇怪，画室不大，人也不多，阿木怎么可能不被发现呢？

原来这货光着身子只穿一条短裤然后把自己涂成白色的雕塑，拿着棍子摆着《大话西游》至尊宝"丢标枪"的标准姿势在没人注意的角落里站了大半天。

所幸一切都没白费，在夜深人静只剩小萱一个人的时候冲进来一个头戴奇怪动物头套的流氓，阿木大骂一声"靠"便举着木棍过去一顿狂揍，小萱一看这雕塑竟然能动也吓晕了，阿木想着赶紧给她人工呼吸，没想到作案男子竟然比阿木还着急，还喊出了小萱的名字，仔细一看这人竟然是隔壁班的胡芦。

阿木说："靠，你不好好上课跑来骚扰女同学啊。"

胡芦傻了，说："骚扰个屁，我是小萱的准男友。"

阿木笑了笑，这个巧妙避开高、帅、鲜肉的矬子竟然敢跟他抢女朋友？

没想到小萱醒来却说是自己让胡芦带一个动物头套过来当道具的，结果却被阿木搞砸了。

阿木无奈，只能看着胡芦护送小萱回宿舍那恩爱的背影。

万万没想到的是，他一出教学楼突然被一群人按住狂揍，好不容易大喊着解释清楚才停下，一问才知道是自己今天的装扮太奇特被纠察队当成了变态。

原来梦里的骚扰狂是自己，真是日了哮天犬了。

~ 3 ~

随后的日子，阿木的预知能力总是那么出其不意，给小萱带来很多惊喜和惊吓。

虽然没有成功征服小萱的心，但是却成功吓跑了胡芦，于是到了高中的尾巴阿木改变了作战方案，制定了包括护送上下学、定期嘘寒问暖送早餐、三不五时制造浪漫的三大纲领，用阿木的话说是把目标定位在自己五米范围内，文艺点儿说叫陪伴是最长情的告白，通俗地说就是不要脸死缠烂打。

小萱当然没被这糖衣炮弹打趴下，反倒像一直在考验着阿木。

一直到了高考前夕，小萱生病了，而且第二天考试竟然睡过了头，当时她是寄外宿，也没有人帮忙，只能拼命跑往考场，眼看马上就要开考，就在此时，一辆破旧的三轮蹦蹦车停在她面前。

开三轮的当然是阿木，他说早上打了会儿瞌睡忽然梦见小萱迟到，原本要跟着同学进考场的他二话不说来了一波逆行，在校门口开走门卫大爷的三轮蹦蹦车狂奔。

那天小萱卡着点进的考场，准时就位，而阿木还得奔往自己的考场，结果迟到十五分钟直接“马革裹尸还”。

毕业后小萱顺利考入北方的大学，但阿木连个京西技校都够不着。

分开前小萱安慰他说：“阿木，你再复读一年，我在大学里等你。”

这话的潜台词就是姐等你一年，你考上了姐就以身相许，没考上姐就让猪拱了。

阿木发誓会努力，但是他的梦告诉他自己不能复读一年。其实，这个危机不用预知也能知道，因为胡芦跟小萱考了同一个学校。

阿木想尽一切办法逆转局势，最后终于找到一根救命稻草，那就是当兵，而部队所在地便是小萱的城市。

然而在同一个城市不代表能经常见面，阿木天天被关在部队里训练，根本没有自己私人的空间。几次梦里预见到危机他都无法过去“英雄救美”。

一直到了元旦午休，阿木梦见元旦晚会小萱登场演出前被后台的柜子砸到了头。这次阿木离得很近看得非常清楚，看到她头破血流，而且有生命危险。

之前的梦都应验了，阿木根本无法改变，这次他能解救小萱吗?

阿木没想那么多直接翘掉训练跑到传达室偷偷用座机打电话给小萱。

而小萱那边正在紧张排练着，并未注意到手机的震动，阿木这边心急如焚，眼看训练的队伍就要归来，他要是被发现就完蛋了。

就在此时，小萱看到手机上有十几个未接电话便直接回拨过来，阿木赶紧接起电话，正要告诉小萱危险时，有一只手按下了电话挂断键。

他抬头看去直接傻了，眼前这人竟然是班长……

阿木是哑巴吃黄连，还被罚在操场正中间拥抱火辣辣的太阳。

眼看就要到晚上了，一想到小萱的危机，阿木也顾不了那么多，在他心里，无论梦的预知能不能被改变，他依然要做出一万分努力。

于是阿木义无反顾地往大门飞奔而去，不远处在调教新兵的班长见状连忙带着众人去拦截。

也不知道阿木哪来的神力，竟然把所有扑过来的人都推开了，留下老班长拿着阿木被扯下来的衣服无奈地看着他的背影。

逃出后阿木第一时间打电话，谁知道小萱已经在彩排，完全接触不到手机。阿木无奈直接狂奔了一个多小时赶到小萱的学校。

眼看晚会已经开始，小萱也在舞台上翩翩起舞，舞蹈结束后她就要回后台，然后就要发生悲剧的一幕。

阿木想跑到舞台上把小萱拉走，但这是下下策，大家会把他当成神经病，而且小萱以后在学校怎么混？

那在后台等着呢？阿木一看人群和保安就知道根本进不去。

心急如焚的他忽然看到晚会的节目单，最后一项是：新年烟火。

此时阿木心生一计，如果提前把这烟火燃放了，所有人必然看过来，舞台的节目也不得不中止，她也将躲过一劫，最关键是阿木还能借着烟火求爱。

真是一箭双雕，阿木马上行动起来。

可是他快要跑到目的地时撞到了一个人，而这人竟然又是老班长。

老班长是军训的教官，是此次晚会邀请的嘉宾，原本等着回去再处理阿木，没想到竟然路上撞见了他。

老班长二话不说直接一拳打晕阿木。

醒来时已是隔天清晨，阿木一想到自己睡了一天来不及救小萱，就发疯了似的砸了自己所有东西。

最后众人只得把他绑起来，老班长问起原因，阿木说自己拥有梦预知能力却无法拯救小萱。

老班长听完第一直觉就是：眼前这个人是神经病。但是一想到有可能是自己的失误害了那个姑娘便也尝试去相信，于是他递电话给阿木让他联系小萱。

阿木抱着一线希望打过去，电话一接通，阿木兴奋地叫着小萱的名字。

没想到接电话的是一个男人，而且是——胡芦。

胡芦只留下一句话："你还有脸打来电话，以后别让我见到你。"

挂掉电话，他以为小萱重伤还没醒来，所以他几近昏厥。

~ 4 ~

后来的部队生活中，阿木就像是行尸走肉，几次差点儿被开除。

原本以为这般苟且的人生将成定局却被一次通话改变。阿木从老同学那里得知小萱竟然没事。

阿木傻了，这到底是怎么一回事。于是他再次尝试拨打小萱的电话，接电话的人还是胡芦，在接下来的会面中，他给了阿木一个答案。

舞会那天小萱确实被柜子砸到，胡芦及时把她送到医院，没有生命危险。

而胡芦说的那句“你还有脸打来电话”是指阿木曾破坏了他跟小萱在一起。而阿木却曲解成自己害得小萱受重伤并且大半年没敢打电话联系，也就是这宝贵的半年胡芦陪伴着小萱度过，而且已经订婚。

胡芦接着说，其实事情并没有那么简单，确切地说是完全想不到的另外一个版本的故事。

胡芦说高中时候自己知道阿木扮成雕塑过来保护小萱，于是故意挨了阿木的打，用苦肉计博得小萱同情，还提前叫来纠察队守在门口暴打阿木。

而小萱高考迟到其实是他关了小萱的闹铃，他知道阿木肯定不顾一切去解救，然后耽误考试不能跟小萱考同一个学校，没想到真的实现了。

他担心阿木复读一年还是会考上小萱的大学，于是他散播部队招兵的消息并成功吸引了阿木，部队是封闭训练，这样就能彻底断绝阿木跟小萱的来往。

而部队的老班长参加学校晚会也是他临时邀请的，因为他得知阿木逃离部队，所以及时用老班长破坏了他的计划。

最后胡芦顺利俘获小萱的芳心，听到这，阿木想要冲过去打他，没想到脚突然软了起来，然后整个人迷迷糊糊，倒下的瞬间他想起自己喝的那杯咖啡是胡芦给的……

对于阿木来说，误以为小萱还没醒来的日子是行尸走肉，那么知道小萱没事却即将成为别人的新娘时才真的是生不如死。

阿木几次尝试联系小萱，而她却像是人间蒸发了一样，而这半年他早已失去了那个奇怪的梦预知能力。

六年很快就过去，兜兜转转，阿木遇到了很多女孩子，但没有一个让他动心。路上看到相似的身影，都以为是小萱。

再后来阿木得知小萱跟胡芦分手了。这几年，他托了很多人去找，却没有一丝音讯。阿木说他很想知道最后谁娶了她，不管多久，他都愿意陪伴，愿意等，也准备好迎接她的归来。

也许高中两人相遇时，阿木埋下的那颗“陪伴是最长情的告白”的种子注定是要生长下去的。

现在，他还在路上，这条路很漫长，看不到尽头，像是一生……

~ 5 ~

讲完后阿木也没再跟我联系。

后来我又认识了一个叫小萱的读者。看到名字我主动联系了她，没想到真的是阿木心心念念的小萱，她说她要结婚了，而结婚的对象是阿木。

听到这我很是欣慰，小萱邀请我参加他们的婚礼，我也欣然答应，准备给阿木一个惊喜。但阿木却并不知道我是谁。

后来我实在没有办法，把之前他所有的糗事抖了出来。但是他说真的不认识我，这让我很疑惑。

当我提到胡芦时，阿木像是明白了什么，他说部队隔壁宿舍有个人叫胡芦，但他们基本就没交流过，不过那人倒是经常过来他们宿舍听阿木讲自己如何追小萱的事……

我似乎明白了，也就是说留言给我的那个人是真正的胡芦，他当兵时一直在旁听阿木讲自己的爱情故事，然后情不自禁进入了这个故事里爱上了小萱，并且幻想自己就是阿木，然后就一直暗恋着、等待着小萱。

在幻想里爱一个人!

虽然很奇怪，但是小萱确实一直生活在胡芦的脑海里，这份幻想的爱就像是等待一场没有结局的电影。

但是他依然用尽所有方式让自己相信爱情，哪怕是幻想，他依然等待着。

也许对于很多人来说这份爱太过于虚幻，甚至被鄙夷，但胡芦将用一生去诠释，无论结局是幸福还是悲伤，所有等待的爱都值得祝福。

我们都还在路上，我们一直都在等待。那人站在阳光下的阁楼里，恰好又那么温柔，这初遇之美你是否愿意用一生的陪伴去承受?

此时，我手机私信声响起，我打开一看，是“阿木”发来的，但我知道他其实是胡芦，他问我：七年了，我还要等多久?

晚安，贝斯学长

这世间最美的情话不过是“晚安”两字。

~ 1 ~

在法国机场出关时，我被安检拦住了，原因很简单，朋友让我带各种奇葩东西，说是在中国留学生圈里很抢手，老干妈、火锅调料包就算了，还有炒菜锅、电饭锅，甚至避孕套也没落下……我不懂英语更不懂法语，用翻译软件解释着所有东西的用途，结果浪漫的法国人民愣是没懂，搞得我最后脱口而出一句“妈的”，就是这句“妈的”他们听懂了，于是安检叔叔非得拦下我的行李做深层次的检查。

我以为我是一个很生猛的人，没想到这时有一个瘦小的姑娘横冲直撞地跑过来，三个吨位一百公斤的法兰西大汉都挡不住她，好不容易拦了下来，她直接把行李砸过去，搞得蕾丝边的内内满天飞，一不小心还落到旁边一个日本大叔的头上，他竟然深深闻了一下，那画面十分了得……

我在想这姑娘是通缉犯还是携带了危险武器，竟然搞出这样的闹剧，没想到她竟然跟我被带到同一个房间里进行检查。

我心想天啊，她要是来一场自杀性袭击我岂不是也要跟着完蛋?

谁知姑娘一坐下来就哭成了泪人，我也是慈悲之心，弱弱地递给她一张纸巾，后来她平静后跟我讲了来龙去脉，原来这一切只是为了他……

他叫小贝，她叫郝好，他们的相遇很简单，那年他从郝好宿舍楼下路过，偶然抬头看了她一眼，然后被泼了一脸的洗脚水。

彼时郝好喜欢唱歌，因为声音甜美，长得更加甜美，所以吸引了很多追求者，于是楼下经常有捧着玫瑰的男同学。追求不要紧，几个男生追不上，就变成了恶意骚扰，搞得整个女生宿舍不得安宁，于是发生了泼洗脚水事件，结果泼水的女生力道不够直接泼到了路过的小贝。

洗脚水径直灌入小贝的嘴里，一股过期的海鲜味，他直接狂吐起来。郝好赶忙拿着水和毛巾下来补救。

小贝看着眼前脸庞清晰的女子入迷了，甚至情不自禁迷离起来。

郝好说："同学，你没事了吧？"

小贝说："没，没事。只是头有点儿晕。"

郝好说："是不是凉水泼的？不会生病吧？"

小贝摇头："不会，正常反应。"

“嗯？”

“人看到美丽的事物都会有这样的反应，譬如天边的彩虹，譬如眼前的你。”

“我晕。”

“你看，你也晕了吧。”

郝好扭头就走，小贝在后面喊着：“我们最近准备组建一个乐队，缺一个主唱，你唱歌那么好听，我想邀请你加入……”

“我距离主唱还很远，谢了，再见……”说完郝好转身离开，小贝有点儿失落但依然坚持着说：“周六下午两点大学生活动中心不见不散啊……”

郝好回头笑了下，说：“不用了……那么，晚安。”说完就进了宿舍楼。

“晚安。”小贝开心地、傻傻地朝着她的背影挥手。

一回到宿舍，舍友马上跟郝好说小贝是二道贩子，她听说这个学长经常倒卖假货给学弟学妹，完全没有任何音乐细胞，还组建什么乐队，千万不要上当。

~ 2 ~

到了周六，郝好真的去了大学生活动中心，打开门瞬间，吉他、架子鼓、贝斯……赫然出现在眼前，抱着贝斯的小贝一看进来的人是郝好，立马示意整个乐队演奏起来……

几次死缠烂打的拉拢，郝好被迫成了“晚安乐队”的主唱。之所以叫“晚安乐队”，小贝解释说，是因为鼓手大叔当年在学校坚持了道了五年晚安，才追上女孩儿，为了纪念和传承这份爱情，乐队就叫“晚安乐队”。

吉他手叫李威，是个北京孩子，说话特别像大张伟，吉他弹得特别厉害，还包办了乐队词曲，可惜生得一张像习武之人的脸，就是那种一进火车站就会被警察叔叔查身份证那种。

当然，郝好也算正式认识了小贝，他有头脑会疼人，虽然确实推销过学生用品，但也是童叟无欺价格公道，他比郝好大一届，可是年龄却比她小一岁，郝好就亲切地叫他“弟弟学长”。

不过在小贝的多次抗议后，郝好改称呼他为“贝斯学长”。

随着乐队参加的活动越来越多，两人的关系也越来越好，到了无话不说堪比闺蜜的地步，李威打趣说小贝一定喜欢她，郝好说不可能，他是自己的男闺蜜，不要破坏了他们之间的革命友谊。

李威开玩笑问：“那我们呢？”

郝好愣了下，李威继续说：“假如哥追求你呢？”

郝好笑着说：“等你去趟泰国我可以考虑下。”

李威曲解了“泰国”的深度含义，暑假还真去泰国晒成一块黑炭，然后在一个夜黑风高的晚上过来追求郝好，当然，差点儿把她吓跑。

郝好委婉拒绝了李威的追求，但没想到李威聊着聊着就把自己的悲催往事全部晒了出来，一把鼻涕一把泪地求安慰，出于关心，郝好给了他一个拥抱，结果李威拽着她的手一定要送她回去。

小贝在上一次排练时，偶然听到郝好说把小贝当男闺蜜，给了李威追求的机会，这次过来送红糖水又再次撞见两人拥抱、牵手。任何人都不会把这个当误会，小贝垂头丧气地想着，也许正如郝好说的那样，当男闺蜜就好，别为了更进一步连朋友都当不成。

到了迎新演出，李威和郝好搭档演唱完乐队的最新歌曲后向她表白，说这首歌其实是写给她的。全场掌声雷动，郝好不知所措地看着小贝。

小贝突然也拿起话筒对郝好说："郝好，也许你不知道乐队的由来，它之所以能组建起来全是为了你，之所以叫晚安乐队就是想表达一份坚守的爱，而这个乐队的组建人是……是——李威。"

诚然，郝好明白自己是在乎小贝的，但是他都把话说到这个分上，她能不答应李威的追求吗？

活动结束后李威牵着郝好的手跟小贝道谢。

小贝笑了笑说："跟好兄弟谢什么，我有事先回去了，你们慢慢甜蜜。"

说完转身离开，郝好心里有些不是滋味，小贝全程并未看自己一眼，刚想到这，忽然听到一句熟悉的问候："晚安。"小贝转头朝他们笑了笑，随后继续前行。

"晚安，贝斯学长。"郝好在心里默默地回复。

~ 3 ~

郝好没想到这次演出是晚安乐队的告别演出，小贝因为考研、鼓手因为要去银行工作相继退出了乐队。

郝好几次约小贝都失败了，即便偶尔食堂碰见，她主动打招呼，小贝都像耗子见到猫一样匆匆避开。郝好百思不得其解，在宿舍楼下拦住小贝质问，原本的男闺蜜怎么现在跟陌生人似的。

没想到小贝大发脾气，喊着："你自重好不好？都有男朋友了还要男闺蜜，能不能要点儿脸？"

郝好直接给了他一巴掌，愤然离开。

小贝看着郝好离开的背影泪如雨下，在她彻底消失在眼前时，他撕心裂肺地喊着："郝好，晚安……晚安……"

而另一边的路口，其实郝好并未真的离开，她靠在拐角处的墙角，泪流满面，默默说了一句："晚安，贝斯学长"。

可从那晚以后两人彻底断绝联系，对彼此都只字不提。

郝好再次得到小贝的消息时已经工作了，男友李威正筹划着国庆带她回蔡氏古民居旅行，顺便见见家人，行程确定之前，郝好突然收到鼓手大叔的信息，他希望单独见她。

见面后郝好才知道当时的真相：小贝这种学渣考个屁研，就是去继续从事"二道贩子"工作了；鼓手大叔也不是因为银行忙，而是他看不惯。原来李威在向郝好求爱前找了小贝帮忙，希望他说乐队是李威为了追郝好而组建的，小贝为了兑现当初李威加入乐队会帮他追女孩儿的诺言而不得已同意。

其实乐队是小贝组建的，一开始根本没什么晚安乐队，是小贝临时恶补了一礼拜贝斯，并恳求鼓手大叔和李威才组建起来的，而"晚安乐队"名字的由来其实是那晚郝好跟他说的那句晚安。

郝好哽咽起来，末尾鼓手大叔说这次找她还有一个原因，小贝参加乐队大赛，主唱突发意外参加不了，问她能不能去帮忙？

郝好犹豫了，李威是另外一个乐队的吉他手，如果帮小贝就是在跟李威过不去……

~ 4 ~

比赛当晚，李威的乐队拿了高分，而小贝早做好了自己临时当主唱的准备，虽然整个乐队的人都知道他唱功欠佳。鼓手大叔一直看着后台的门，期待着惊喜出现，直到主持人催促着他们上台。

“还在看什么？上吧！”小贝也催着。

鼓手大叔叹了口气说：“好吧，一切都是天意。”

说完起身走向台阶，就在此时大门忽然被推开，所有人转头看过去，是郝好。

晚安乐队只拿到第二名，但是小贝却出奇地兴奋，甚至直接吻了郝好，郝好先是一愣随后也深深入戏。获得冠军的李威在台下看到这一幕，并没有马上发怒，直到比赛结束，他拦住小贝并给了他两拳。

小贝艰难地站了起来，李威冲过来又给了他重重的第三拳。

小贝倒在地上笑了笑说：“第一拳是对你的歉意；第二拳是我没珍惜郝好；第三拳是给不争气的自己……现在还完了，李威，我正式宣布，我不会再做任何退让，郝好我要定了。”

“有本事你来抢啊。”说完李威又是一拳过来。

然而这次，拳头被小贝紧紧握住。

“住手！”赶来的郝好哭喊着制止道。

李威看了看郝好，发现她竟然在关心小贝，愤然让郝好二选一。

小贝也说会尊重她的选择。

郝好苦笑着丢下一句“幼稚”转身离开……

~ 5 ~

原本以为故事就在这里结束了，可是小贝已经不是当年的贝斯学长，他不再懦弱，直接追到郝好小区楼下紧紧抱住她不放。

随后正式开启热恋模式，有一天晚上两个人聊着微信，小贝突然消失了，郝好想应该是太累睡着了，一如既往发了一句晚安去洗澡，吹完头发后突然收到小贝回复的晚安。

郝好诧异地问：“你不是睡了吗？”

小贝回复：“我今天太累了怕睡着，调了个闹钟，果然就睡着了。”

郝好责备：“睡着就睡着啊，还把自己闹起来干吗？”

小贝答：“我要准时跟你说晚安啊。”

郝好是一个很容易满足的人，突然被感动得不知道该说什么好，“晚安”是那么简单的一个词，但是对于恋人而言，每一句晚安都是爱。

后来小贝和鼓手大叔组成原创音乐组合正式步入星光大道，而郝好则成为白领职员，长相惹人爱办事能力强，工作顺风顺水节节攀升。

两个人各有事业原本是好事，但北漂的原创音乐人除了吸引文艺女青年之外，基本都在贫困线，小贝根本入不敷出，甚至连房租都要靠大叔帮衬。郝好是北京人，五环外还有一间独立的小房子，她费尽心思说服爸妈把房子让给小贝住，可小贝却出于尊严拒绝了，他认为男子汉应该靠自己的努力养活自己心爱的人，而不是靠她接济生存。

为此两人大吵一架。小贝让郝好放心，自己那么有才华一定会火，到时候一定会给郝好幸福的生活。郝好想让小贝面对现实，音乐只是学生时代的爱好，并不能当饭吃。

小贝不服气，最后郝好质问："我们都恋爱那么多年了，你要等到什么时候才娶我？"

小贝立下誓言说，他成功的那天，一定在巴黎铁塔下向她求婚。

郝好摇头，说了一句"去他的巴黎铁塔"，便哭着跑开了……

原本只是一场普通的吵架，谁也没想到当年的情敌李威跳槽成为郝好的领导，一听说两人吵架不断，便打算重新追求郝好。

李威家世显赫、业绩突出、人缘又好，在同事的眼里两人简直门当户对、郎才女貌，再加上小贝为了赚钱每天晚上奔波于各大酒吧驻场，给了李威无限的追求空间。对于李威，郝好一直都是严词拒绝，可她生日那天，小贝没有出现，只有快递小哥送来的一束花。

李威说即便爱情已成前任，但大家还是同学，不忍心看她一个人过生日。

这次郝好心软了，李威邀请了很多朋友一起来酒吧庆生，并当众向她求爱，周围的人庆贺着，郝好酒精上头感动地哭了出来，但是她并不知道这个酒吧是小贝下一场演出的地点。而门外的小贝看到这一幕本想冲进去暴打李威，但是看到郝好的反应他还是选择了离开。他并没来得及听到郝好擦干眼泪后的拒绝。

很难断定这个局是偶然还是李威的设计，误会是不可能造成两个人分开的，谁都有联系方式，一个微信、一通电话就能解决，很多时候爱情走到最后除了现实的压力外，还是不够信任，不够合适……小贝和郝好如此，很多人也如此。

~ 6 ~

最后郝好和小贝分手了，她也没选择跟李威在一起。

但是郝好却告诉我，她这次去法国是为了小贝，他要在巴黎铁塔下跟她求婚。

我心想这到底是什么鬼，分手还能结婚吗？

原来小贝最后选择放手是因为癌症，听到这我顿时被惊到，怎么跟韩剧三宝——车祸、癌症、治不好牵扯上了。可现实生活还真就比韩剧更加狗血，郝好是通过鼓手大叔得到了这个消息，一开始她也不信，直到鼓手大叔把小贝化疗的照片摆在她眼前。

在医院最后的日子里郝好反过来向小贝求婚，而小贝却哭着拒绝了，他说他发过誓要在巴黎铁塔下向她求婚，自己没做到，而且剩下的日子也不多了，就更不能耽误郝好。

没过多久小贝离开了人世，他紧紧握着郝好的手说完最后一句晚安就闭上了双眼。仿佛两个人的情感简单到用“晚安”两个字就能表达。

虽然小贝离开了人世，但是两个人的情感并未结束。郝好带着他的誓言和买好的戒指只身前往法国，她要在巴黎铁塔下答应他的求婚然后嫁给他，给他们的爱情画一个句号，当然这个求婚仪式只能她一个人来完成。

我想，当郝好带着戒指来到巴黎铁塔下，唱着两个人在大学时候写的歌曲，这应该是全世界最浪漫的求婚仪式吧！

虽然那个跟她说一世晚安的人已经不在，但是爱的誓言依然没有湮灭。

是啊，小贝用晚安陪她度过每一个夜晚，一说真的就是一世。而这个晚安由郝好开始也由她收尾，其中竟藏着那么多心酸与幸福。

晚安，郝好。

晚安，贝斯学长。

这世间最美的情话不过是“晚安”两字。

记忆深处

你改变了我的世界，你才是我的全世界。

~ 1 ~

从白天鹅剧院出来后，肖茵发现自己的手机丢了，她想可能是遗落在座位上了。

肖茵折返去寻找，却迷路了，按道理说洪濑这个小镇就算巷子口多点儿也不至于迷路啊。问了好几个路人，不是回答不知道就说没听过这个剧院。

她在想到底出了什么问题，明明上午刚从那出来，怎么到了下午就没人知道？

此时红绿灯路口站着一个男子，直直看着她。

“往前走五百米，左拐，到第一个路口再走一百米，有个小巷，右边路口进去就是了。”

肖茵当场就懵了：“你能说东南西北吗？”

“可是我不分东西南北，这样……”说完男子撩起衣服。

“你想干吗？当街耍流氓啊，我可……”

男子打断说：“不是，你别怕，我是在展示地图。”

只见男子撩起上衣露出八块腹肌，然后以腹肌间的沟壑作为道路，他手指往下第四个路口一指，肖茵马上知道地点了。

对于这种指路方式肖茵有点儿哭笑不得，反倒觉得眼前这个男子有点儿可爱。“懂了，谢谢你啊。”

“当然，如果你有兴趣我可以带你到第五个路口看看，里面比剧院更好看。”男子调皮地说。

“第五个路口？”肖茵恍然大悟，骂了句：“你这流氓……”

直接扭头走人，身后传来男子的笑声：“对了姑娘，我叫赵小乐……我们有缘再见。”

肖茵心想再见你个头，再也不想见到这流氓了。

走到赵小乐说的第四个路口，肖茵发现小巷门被封死了，不远处依稀能看到一个关闭的大门，上面挂着“× 天鹅 × 院”的招牌。

难道被骗了？肖茵一边想着，一边将手伸进包里找手机查地图，摸了一会儿终于找到了手机。

“啊！”她去剧院不就是为了找手机吗？原来手机本来就在包里。

今天怎么了？

走出路口迎面是一个篮球场，肖茵突然怀念起大学午后闲着没事，坐在操场看男生打球的时光。反正下午也没事，她就走过去坐在看台上看比赛，看了会儿她发现里面那个光着上身打球的男生很眼熟。

他不就是刚才指路的赵小乐吗?

一想到他，肖茵就来气，提着包立马走人，还没走出几步就被挡住了，肖茵抬头一看。呀，赵小乐，光着上身，最可恶的是上面竟然还画着地图，连公厕的位置都有，这是什么神人啊?

“嗨，世界那么大，怎么又遇见你了，难道这就是传说中的狗屎运，不对，桃花运？”

“神经病。”说完肖茵绕着走开。

赵小乐走过来，想拦住她，没想到篮球正好飞过来砸到他脸上。

不一会儿，他的脸上直接落下两道鼻血。

肖茵吓了一跳，赵小乐连忙摆手让她别担心，说：“没事没事。”

于是肖茵丢给他一包纸巾就走开了。

~ 2 ~

上班忙碌后肖茵已经忘记了周末那段“奇遇”，偶尔想起，也想的是这辈子别再碰到这个神人了。

周三肖茵去跟客户签一个订单合同，结果车堵在路上，客户是位非常苛刻的日本人，认为守时、着装都是原则问题，如果失去这个订单她一定会被该死的酒糟鼻领导虐死，而且年终奖也没戏了。

正当肖茵陷入绝境时，传来一阵敲窗声，她抬头一看：是他，赵大神人!

赵小乐骑着摩托车在外面说：“谢谢你上次的纸巾，要不今天请你吃饭表达下我的谢意？”

“请客就算了。”

“难道你想让我以身相许？”

“滚……”肖茵一脸鄙夷。

“好吧，那我滚了。”说完赵小乐就要发动摩托车，肖茵赶忙叫住他。

戴上黄色的头盔，肖茵坐在摩托车后面，风一阵阵吹来，肖茵忽然觉得有一种别样的熟悉感。

在他的帮助下，肖茵赶在最后时间前到达并顺利拿下了订单。

下楼后她在想，这神人怎么那么巧就赶来了呢，他是不是一直跟踪自己？但是赵小乐却早已离开，徒留肖茵一腔疑惑。

下次再见到他是什么时候呢？一想到这里，肖茵赶紧摇摇头想将这个想法甩出脑海，虽然他帮了自己，但他根本就是一个神经病、跟踪狂，不见也罢。

回公司，酒糟鼻领导大大地夸奖了肖茵一番，并说要在下周年会上宣布她的奖励。

肖茵最烦这种领导了，永远不给一句痛快话，非得藏着掖着。

当她意识到自己的单纯的时候已经是公司年会的舞会环节了，该死的领导并不是藏着掖着而是让她自己“领悟”，得给他点儿好处才能顺利拿到高回报的奖励，而这个好处不是别的，就是她自己。

肖茵当然不会同意，甚至想当众给他一巴掌，但是想着自己还得在公司混就只好愤然离开。

表演完独舞后，她回到化妆间，卸妆换衣服，刚脱掉外衣，忽然听到柜子里有动静。

难道被偷窥？肖茵拿起扫把，打开柜子，竟然是该死的酒糟鼻！

明明就是偷窥，他非得说找东西，更过分的是，他竟然借着酒劲想要侵犯肖茵，口中还恶心地说喜欢肖茵很久了，让她给他一次机会。

这不是禽兽、人渣吗？什么给机会，明明就是占便宜。

但是化妆间是反锁的，肖茵根本敌不过酒糟鼻的力气，而且同事们都在远处的会议厅看节目。

难道就这样被糟蹋了？

肖茵忽然想到平时没事就爱冒出来的赵大神人，这次他能不能也显显灵？

门突然被撞开了，赵小乐冲进来一个飞踢把酒糟鼻踢去墙角，随后又补了一套组合拳……

“谢谢你救了我。”

“跟我客气什么，我们都那么熟了。”赵小乐说。

“熟？”

赵小乐连忙解释说：“对啊，见过那么多次，你还看了我那么多路口，我们还骑机车浪漫了一个午后，怎么不熟。”

“晕……不过我有点儿疑惑，为什么你……”

赵小乐打断说：“这个很难解释，我也不知道为什么你有困难我就能出现，我知道我不是超级英雄，但是有些事情就是那么难解释，偏偏我就出现了，成为你命中注定的英雄了。”

“你别自恋了，我不是说这个。”

“啊！”

肖茵继续说：“我是说你一出现我总是碰到各种窘境，你是不是瘟神啊？”

~ 3 ~

隔天肖茵主动辞职，然而坑爹的酒糟鼻竟然以下个月结算为由不给任何奖金，如果没这笔钱，她交不起下个季度的房租啊！

但是肖茵不想继续在公司里苟且求奖金，她毅然离开，当然生气的女人是这个世界上最不好惹的生物。她早就报了警，原本缺乏证据，却意外得到赵神人送来的视频，最后把酒糟鼻送进警局。

不过肖茵畅快地辞掉工作，奖金没要回来，还是没能按时交房租，她一开始满心期待着神人再次救场，但这次赵小乐并没有及时出现也没把钱给交上，当天晚上肖茵就被中介公司赶出了出租房。

一个人一个行李箱一个背包饿着肚子走在马路上，肖茵一脸疲惫，口中抱怨着瘟神就是瘟神，不能老指望他，愤愤地把地上的易拉罐踢飞……

“啊！”传来一阵尖叫声。

没想到背到家，踢个易拉罐都能踢到人，可别再赔一大堆医药费！

她走过去道歉，仔细一看，竟然是赵神人。

砸到人不用赔偿还能免费住公寓，桌上还准备了可口的晚餐，肖茵突然感觉自己非常幸运。

但是问题来了，为什么赵小乐每次都能救自己于危难呢？

“从实招来，你是不是跟踪狂，为什么每次都能及时出现在我面前？”

赵小乐一脸委屈，说：“你就不能说点儿好听的吗？非得是跟踪狂，除了这个难道就不能是心有灵犀之类的吗？”

“不能。”

吃饱喝足后肖茵想问赵小乐要联系方式，却又找不到手机。

肖茵找了一圈，蹲下来看是不是掉地上了，起身时却发现赵小乐手里拿着她的手机。

“你真是马虎，明明就在你包里。”

肖茵叹了口气，说：“我是不是得了间歇性健忘症什么的？怎么老忘记事情呢。”

“别胡思乱想，可能是压力太大，晚上好好睡一觉就好了。”

“好吧，你手机号多少，我下次请你吃饭。”

赵小乐主动把自己的手机号输入进去，肖茵赶紧夺走手机按了下去，屏幕显示——赵大神人。

肖茵愣住，他的号码早已记在手机里，而且还是这个昵称，怎么可能？

此时赵小乐的手机响着，肖茵也夺过来一看，里面竟然有她的手机号，而且名字显示是——亲爱的肖茵。

“到底是怎么回事？”

赵小乐连忙解释说自己对肖茵有意思，想追求所以一直打探了解并偷偷关注。

听到这，肖茵非常生气，眼前的人根本就是一个十足的变态跟踪狂。

肖茵愤愤地说：“房租会按时给你，你滚吧。”

说完把赵小乐推出门，锁上。

~ 4 ~

隔天醒来肖茵发现桌上早已备好早餐，而且连新的衣服、鞋子、包、便当也全部准备好，旁边的赵小乐笑得跟傻子一样。

看到这些肖茵一点儿脾气都没有，说了一句：“早安。”

赵小乐笑着说：“真想每天早上醒来都能听见你说一声早安。”

肖茵嗤了一声坐了下来。

赵小乐说：“小主子，所有东西都给你收拾好了，门钥匙也放在旁边，一天的日程安排也帮你在 Touch[①] 里设定好了，会随时提醒你的。”

“你怎么连我的日程都知道？你是不是黑我系统了，你是不是监控我？”说着肖茵站了起来。

“我怎么敢监控你，是我给你设计的找工作日程，简历我替你发过去了。对了，我得上班了，再见……”说完赵小乐赶紧溜之大吉，只剩肖茵一脸无奈。

赵小乐关上门并没有马上下楼，而是在门口等着，果不其然，十分钟后他就接到肖茵的电话。

---

① 一款由苹果公司推出的可携式媒体播放器。

电话里肖茵着急说自己东西被偷了。

赵小乐开门进来，两人到了房间找了一圈后，肖茵又忘记自己丢了什么东西。

赵小乐问："是不是手机？"

"手机……对，是手机。"

"你刚用什么打电话给我？"赵小乐反问。

肖茵看着手上的手机，突然气上心头，愤愤地把他赶出房间。

肖茵靠在门上，她知道自己丢的不是手机，而是一个很重要的东西，但又不知道是什么。

赵小乐戴上头盔发动摩托车。肖茵透过窗户看着他骑着摩托车离开的背影，后座上还绑着一个前阵子她戴的黄色女式头盔，不过似乎是摔破了，有一道裂痕。

她忽然想起小时候曾有一个骑摩托车环游台湾地区的梦想，可惜一直都没能实现，只是愣愣地看着机车少年的背影不断地往朝阳方向远去。

~ 5 ~

肖茵一整天耳朵里都环绕着赵小乐的提醒。

"这家公司的 HR[①] 比较注重激情，待会回答问题时可以多谈梦想。"

"已经两个小时了，你还没喝一口水，赶紧喝点儿水，才能

① 人力资源。

保持状态。”

“喂，你胃不好，又是亲戚造访日，别吃生冷食品，广场北大门旁有家现磨豆浆店，味道好得出奇。”

肖茵擦了下汗，他怎么连这个都算出来了？

“是不是憋不住了？别慌，还记得我的腹部地图吗？对，厕所就在第五个路口……”

听到第五个路口肖茵真想破口大骂，但是实在憋不住只能回想下“腹部地图”的公厕位置，真是哭笑不得。

很快，在“阴魂不散”语音的协助下肖茵顺利找到一家在上市公司的工作，说来也巧，新公司周年庆肖茵竟然抽中头奖，奖品是台湾地区七日双飞自由行。

肖茵发微信给赵小乐说自己要去台湾地区，这几天不用来准备早餐。

赵小乐只回了四个字：“一路顺风。”

肖茵心想他难道不想一起去吗？

果然，到了桃园机场肖茵发现赵小乐早早等在那儿接她，原来他早就过来安排好了一切。

入住后，赵小乐递过头盔，说：“走，哥骑机车带你环岛浪去。”

肖茵发觉这个头盔越来越熟悉，不过这个没痕迹。

这应该是新的。

肖茵也没多想，开始了环岛旅行。

在台南地区刚好赶上“普度”民俗节日，一大早村民都带着“竹灯笼”去庙里祈福，两人特地爬到旁边的小山眺望，远远望去一片星火，甚是美丽。

肖茵感慨说：“真美。”

“这份美丽主要由你构成。”赵小乐补充说。

“你酸不酸。”

“酸不过你的嘴。”

肖茵发现赵小乐一本正经地看着自己，心想他在看什么？

“肖茵，其实从十字路口第一眼看到你，我迷茫的人生便有了方向，曾以为世界改变了我，其实是你改变了我的世界，你才是我的全世界。”赵小乐深情地说。

肖茵迟疑了会儿问：“你到底想说什么？”

赵小乐说：“做我女朋友。”

肖茵没反应。

赵小乐等了会儿说：“嗯？我被判死刑了？”

肖茵突然扑过去亲吻了赵小乐。

此时赵小乐忽然觉得尝遍世间美味，最酸爽的是她的唇。

事后两人散步，肖茵问：“怎么还非得挑这个时候，搞得我都蒙了。”

赵小乐说：“普度其实是鬼节。”

肖茵诧异：“你竟然在鬼节求爱，什么意思？”

赵小乐笑着说：“我这不是怕失败嘛，万一失败了还能说是被鬼附身，鬼话别相信，大家还能当朋友。”

～6～

一路到屏东，两人租了一个沿海的民居。

收拾东西时肖茵又开始焦急起来，她又把东西搞丢了。

赵小乐问："不会又是手机吧？"

肖茵晃了晃手上的手机说："虽然我有间歇性失忆症，但不是笨。"

又想了会儿她说："哦，忘记带头盔了。"

"头盔在我这，你每次都很马虎，头盔都不带。"说完找出头盔递给她。

肖茵戴上头盔笑了笑说："你一路开了那么久，这次换我吧，姐带你看垦丁的海去。"

赵小乐愣了下，脸色忽变，吼着："不行，你不能。"

肖茵莫名其妙被吼也很愤怒，两人你一言我一语就吵起来。被宠坏的肖茵第一次遇到发脾气的赵小乐，愤愤地冲了出去执意启动了摩托车飞奔出去，可刚开出没多远就听到一阵急切的刹车声，肖茵还没反应过来，身体直接被撞飞起来。

她觉得这一刻很熟悉，仿佛多年前自己也被撞飞过，一样的路况，一样的摩托车，一样的头盔。

头重重地撞到地上，头盔四裂开来……

肖茵晕乎乎的，缓缓地站了起来，此时赵小乐也追了过来焦急地问她状况。

可肖茵镇定了后惊奇地发现自己完全没事！

怎么可能没事，自己明明被撞飞了头盔都摔坏了，怎么会没事？

但是全身上下确实没事，连血都没流，自己不是出车祸了吗？

肖茵瞥了一眼地上同样没有摔坏的手机似乎想起来什么了。

这些日子她总觉得怪怪的，特别是遇见神人赵小乐，他似乎超级英雄一样处处解救自己，又像是先知一样对自己了如指掌，难道两人之间有什么过去？

对，肖茵冷静了下对赵小乐说：“我想起来了。”

赵小乐愣了下。

“我知道自己丢了什么，是记忆。”

原来两人早就是夫妻，在垦丁蜜月旅行，却因为一些琐碎的事大吵一架，肖茵自己跑出去开夜车，结果出了车祸。

在倒下去的那一刻肖茵的手机响了，是赵小乐的来电，手机其实就在她手里但她却找不到，就像是丢了一样，随后就昏厥、失忆……

现在她什么都想起来了，白天鹅剧院是他们第一次遇见的地方，虽然剧院已经倒闭，但是赵小乐依然沿着他们遇见、相识、互助、相恋、约会、蜜月的路线唤醒她的记忆，原来一切都是为了自己。肖茵哭着抱着赵小乐，赵小乐也哭了。

不过，肖茵却忽然推开赵小乐。

~ 7 ~

肖茵说：“我记得当时明明流了很多血，怎么现在就好好的一点伤疤都没有？而且今天就是我们度蜜月那天，怎么时间会倒流，到底怎么回事？”

赵小乐说：“肖茵你别瞎猜，时间是对的，可能你大脑受到损伤还没恢复，暂时记错了。”

“我没有记错，对于一个女人来说任何日子都可以记错，就是不会忘记结婚日，而且从第一天遇见我就觉得奇怪，所有事件又重新演了一遍，你不可能找全世界的人都来当群演吧？”

赵小乐迟疑了下说：“是的，我找了全世界的人当群演。”

此时，肖茵忽然发现周边的一切漂浮不定，好像所有事物都是悬浮的，随后日夜飞速变化，不停地变化，像是生活在游戏世界一样。

“到底怎么一回事？我们到底在哪？”

赵小乐叹了口气解释说：“我们在你的回忆里。”

“回忆？赵小乐，你跟我说实话，我不想被欺骗。”

“对不起，我救不了你，对不起，我当初就不应该跟你吵架，我应该陪你一起出去……”

原来，车祸后肖茵成了植物人，赵小乐无比痛苦，一次偶然的机会成为一项“重回记忆”科学研究的第一批实验者，也就是借用科学技术把他的意识植入到了肖茵的记忆里，唤醒失忆的肖茵，并且希望能跟肖茵永远幸福生活。

当然，是永远生活在记忆里，不停轮回，不停失忆，再不停唤醒，再不停失忆……虽然这是一个死循环，但对于赵小乐来说有她的日子便是最大的幸福，他心甘情愿放弃一切，活在意识里。

知道真相，肖茵更加生气，两人争执许久，最后她说：“小乐，你太自私了，你为了得到虚幻的幸福，剥夺了身边所有人的幸福，也剥夺了我的未来，我并不想我的幸福是建立在你的痛苦之上的，小乐，如果你真的爱我就醒来好不，你有自己的现实生活。为了我，答应我好吗？”

赵小乐哭着点头。

醒来时赵小乐躺在实验室的床上，他拔掉身上的仪器，起身看着旁边已然是植物人的肖茵痛哭流涕。

~ 8 ~

若干几年后，在所有人的努力下，肖茵最终还是醒来了。

赵小乐拉着主治医师的手说不出话，一个劲儿地鞠躬感谢。

医生说："不用感谢我，是肖茵求生的欲望战胜了一切。"

经过赵小乐几个月的精心照顾，肖茵康复很快并顺利出院。

回到家里，赵小乐问："躺了那么多年，你有什么想要实现的吗？"

"海边，你带我去海边，我想看看大海。"

赵小乐点头，帮肖茵拿起包，搀扶着她出门，可肖茵忽然呆在原地。

"怎么了？"

"我好像把手机忘医院了？"

赵小乐说："是不是放在包里了？"

说完他在包里寻找，果然摸出一个手机递给肖茵。

可此时，肖茵刚好也摸到了牛仔裤兜里的手机……

最后你还不是要娶别人

走遍大江南北，始终觉得世间你最美。

~ 1 ~

“你跟初恋还有联系吗？”

下班后我跟同事小盈闲聊时随口问。

她犹豫了下点头说：“有。”

“那他怎么样了？”

小盈说：“他有孩子了……”

听到这，我忽然想起了去年听说小雅已经怀孕的消息，自此我就没敢再去翻阅跟她过去的合影，这会儿我也没继续问。

谁知道小盈继续说：“不过他离婚了……”

小盈的初恋叫三脚虎，之所以有这个外号是因为他实在很爱表现，经常骑着三个轮子的摩托车挂着大喇叭放着周杰伦的音乐走街串巷，随手拿把菜刀都要砍出火花。

高中时候两人是校友，但都只知道对方存在，并未深交过。在那个时代联系起两个人的方法往往不是陌陌、摇一摇，而是补习课。

那天补习课午休，三脚虎边哼着蹩脚的《简单爱》边用手指转书，时不时把书往空中抛去，然后接住继续转，谁知道一不小心抛得太高没接好，书本直接撞在正在认真复习的小盈脸上。

小盈二话不说，拿起课本拍回他脸上，三脚虎当场被河东狮吼震慑到。

被欺负当然要复仇，隔天三脚虎早早堵住了小盈，然后祭出了复仇利器——蟑螂盒，谁知道小盈只是看了一眼说："歉意我心领了，礼物就算了。"

三脚虎嘴角抽搐，正要强行递给她，谁知道老师刚好路过，他吓了一跳连忙从口袋里随便摸出个东西就递给小盈。那是个纽曼MP3[①]，在那个时候MP3可是奢侈品中的奢侈品。

小盈也很不客气地接受了，留下了傻傻站着的三脚虎。

午后休息，小盈好奇地打开MP3听里面的内容，是三脚虎自己唱的《七里香》，虽然声音没周董那么磁性，但是在那个夏日的午后仿佛多了一份橄榄的酸甜。

晚上小盈找到三脚虎说："这东西太贵了，我就不收了，谢谢你

① 一种小巧又方便携带的可以播放音乐文件的播放器。

送的歌曲，我也很喜欢周杰伦。”

见到MP3，三脚虎差点儿就感动哭了，一旁的小盈不明情况问了句：“是不是第一次遇到周董的粉丝？别太激动，以后姐带你多认识些，别哭了。”

~ 2 ~

也许是因为有共同的爱好，两人的关系迅速升温，三脚虎继续给小盈录歌曲，最后一首是《开不了口》。

听完后三脚虎问她：“感觉如何？是不是听完整个人都酥了。”

她回答：“也就普通话比周董好。”

三脚虎嗤之以鼻，表示严重不服，于是小盈带着他去音乐室用钢琴弹唱了一首《你比从前快乐》。他看着她月光般皎洁的侧脸，不禁发出赞美的叹息。

那晚他很想凑过去亲她一口，但还是克制了，两人合唱了周董所有的歌曲，末尾三脚虎说：“以后有机会带你去西安看周董的演唱会。”

她回答说：“好。”

从那以后三脚虎生命里仿佛多了三件重要的事：追小盈、追小盈、追小盈。除了录蹩脚的MP3外，爱表现的他极大发挥了自己的特长——抄写。

所谓的抄写就是抄各种周杰伦的歌曲当表白神器，然后在下面配上自己原创的漫画小人，这对于一般的中学女生来说简直就是大规模猎心武器，但是小盈不是一般的女生，她是三班的。

两人的暧昧交流一直坚持到高中毕业，之后被一场突如其来的奇葩晚会打破了。

这场晚会的主角只有一个人——三脚虎，也就是他在学校自费举办了一场周杰伦主题演唱会，全场演唱周董的歌曲。

演唱会在操场上举行，全场只有小盈一个观众，还有一个大妈在旁边捡着矿泉水瓶。

三脚虎拿着话筒说："小盈，这是一场为你一个人举办的周杰伦专场演唱会。"

旁边的大妈心想自己不是人吗，然后过来抢话筒，三脚虎无奈快速喝完矿泉水，用瓶子打发走了大妈然后继续说："周董，做我女朋友……不对……小盈，做周董的女朋友……不对……"

三脚虎还没说出口小盈早已扑过去亲了他，三脚虎手中的矿泉水直接洒了出来，正在他要回亲小盈时，大妈又过来拍了拍他的肩膀，用浓重的口音说："哎，这个孩儿，你嘞（的）水还喝不？饮料瓶给大娘吧……"

两人刚刚确定了关系，马上就要面临大学异地恋的痛苦，幸好当时网络已经发达，他们经常相约一起在QQ视频开演唱会，于是三脚虎在宿舍内狂吼周董的歌，经常被宿管大爷拉出去鞭挞。

那时候，幸福对于小盈来说就是存下半个月的伙食费买火车票，然后彻夜赶往三脚虎的城市去见他。

一开始两人你侬我侬，可是日子一久，重逢的时候便多了很多抱怨，甚至常常以吵架而终，然后再次见面，再次吵架。就像那人曾对我说的：“再浓烈的情感都比不上大姨妈来时的一杯红糖水。”是的，这些我们都懂。

但对两人来说，日积月累的情感值得珍惜，他们经常约好存钱去看周董的演唱会，这年终于等来了周董的演唱会。

临近见面，小盈闲着无聊，打开了三脚虎的校内网，在评论区里发现一个言语暧昧的女生，一看女生的相册里都是三脚虎的照片。

她当时就火冒三丈立刻打电话质问，三脚虎解释说是女粉丝。小盈开启河东狮吼模式，说：“你真当自己是周董啊，还有女粉丝？！”

小盈脾气不好归不好，但是事实证明那女生确实是第三者。三脚虎解释说，他对她不是真爱，只不过她也喜欢周杰伦，把她当作小盈的影子，平时跟她聊聊天慰藉下思念之情。这些话说起来很是漂亮，就像是说跟别人上床，但心里想的是你一样。

小盈二话不说买了张南下的火车票，给了他一巴掌然后分手，离开时校园广播放的是《一路向北》，她听了一路，哭了一路。

我一路向北，离开有你的季节。

方向盘周围，回转着我的后悔。

我加速超越，却甩不掉紧紧跟随的伤悲。

那年的周董演唱会，多出了两个空座，周董知道一定很遗憾吧，差两个就破纪录了。

分手后的几年，两人基本没再联系，再后来小盈听说三脚虎结婚生了孩子。再见面时已是三年后的同学聚会。

久别重逢，却抵不过时光流年，物是人非，少了点儿遗憾的感慨，多了点儿陌生的寒暄。虽然互换了联系方式，但是三脚虎这个名字一直在微信里躺尸。

又一年的同学聚会，这次三脚虎没来，一打听才知道是正在闹离婚打官司争夺孩子抚养权呢。

那时小盈也跟谈了多年的男友分手，不知道为什么，越是痛苦就越容易回想起初恋的美好。她想了很久给他发了第一条微信：“说好的幸福呢？”

良久，他回答：“不能说的秘密。”

小盈说：“能否回到过去？”

发过去后三脚虎一直没回复，再次收到他微信是在三天后，寥寥几字：“烟花易冷，人事易分，我不能耽误你。”

2015 年周杰伦又去西安开演唱会，小盈又给他发了条微信：“还记得，蒲公英的约定。周董西安演唱会，我买了两张票，不见不散……”

~ 3 ~

不见不散，我很想问小盈，那晚三脚虎去了吗？

但是看她如今只身北漂加入我们梦生工作室，就知道了故事的结局，我想那晚的体育场一定非常凉，那晚周董的歌曲一定是祭奠死去爱情的夜曲，那晚《一路向北》响起时她一定泪流满面……

有很多一定，就是等不到那个一定要来的人。

原本以为这个故事就到这里，今年《玩命爱一个姑娘》话剧演出，小盈找我要了两张话剧票，我说你一个单身狗要两张干什么，小盈笑了笑说：“不能说的秘密。”

后来看完话剧后她拍下话剧照片发到了朋友圈，然后写道：“说好的幸福呢！”

我在底下回复：“蒲公英的约定。”她回复我一个笑脸。

我至今都没问小盈跟谁一起去看的话剧，问了又能怎样，她一定开不了口。

也许我们海誓山盟，相信一辈子只有对方，然后一次次倔强后各奔天涯。

虽然最后你还是跟别人结了婚，但无论如何依然谢谢你，你开启了我人生的第一扇门，给了我另外的生命，让我勇敢去爱你、爱生活。

走遍大江南北，始终觉得世间你最美。

假如回到1999年

即便她知道真相，也会原谅你的。

~ 1 ~

我是一名时光旅人。

关于时光旅行的一切都源于那辆午夜开往京郊的破旧公交车，我一直在想，如果我穿梭到过去，改变了历史，会怎么样？

时光巴士通往的是1999年的今天，巴士最后一站是我的中学。

那是我刚到学校的第一天。三个流氓打扮的人拦住我，让我交所谓的停车费，当时我初生牛犊不怕虎，义正词严地拒绝了，可我话还没说完就挨了一巴掌，当时年少的我正义凛然地说要去政教处告他们，结果他们更变本加厉地揍我，那次我被打得很惨，在家里躺了一个礼拜……

想到这里，我拳头紧握静等下周的到来。

在我买一件 20 世纪 90 年代的衣服时忽然看到一条主题很奇怪的帖子——“谁能回到 1999 年？”

我好奇地打开一看，内容写的是：如果有谁回到 1999 年，麻烦告诉易小云的姐姐不要去买糖了……

没想到这个帖竟然有几百楼的留言，我也是手贱跟帖回了句：“哥正要回去 1999 年呢。”

本来我也只是回着玩的，回复完立刻就关掉了网页，没想到，到了晚上一个叫易小云的女孩儿找到了我。

还没等我弄明白她是如何找到我家时，她就问我回到 1999 年能不能帮她个忙。

原来小云的姐姐小雨在买糖的路上出了车祸离开了人世……

我心想她既然找得到我家一定也知道我能回到过去，只有找一个方法委婉拒绝才能打发走。于是我说：“真对不起，我现在去不了 1999 年了，时光隧道关了。”

“没关系，我愿意等。”

她这样一说我反倒不好意思让她走，为了缓和一下尴尬的气氛，我问她是怎么知道我家的。

没想到这些年来，小云在互联网开了这个帖，一直等着奇迹，只要有人回复，她便紧紧抓住对方，通过注册信息找到家庭地址，或者通过手机定位找到回帖人，十几年来如一日。

我听着有些感动，更有些不忍。她似乎看出了什么，忽然说：

“其实我知道时光隧道根本没关。”

“嗯？”

“因为根本没有时光隧道。”她说。

她怎么知道那么多？难不成我又把时光旅行的事写在什么地方了？我偶尔会写在笔记本上，但从没有公开更不可能发表出去。

“你怎么知道的？”我问。

“其实，我也是现在才确定，刚刚只是试探性地问问，没想到真没有。”她笑着说。

我端详着眼前这个绑着马尾，穿着白色衬衣和棉布短裙的姑娘。仿佛在印证一个道理，在一个漂亮的姑娘面前，男人永远说不了谎。

“对不起，我真的很需要你帮忙，真的。所以我才会……”她忽然用哀求的眼神看着我。

“没事，我明白。”我说，“不过我真的不能……”

还没等我说完那女生就递给我一张照片。照片上有两个长得一模一样的小女孩儿，她们穿着童装，各自拿着一把小提琴。

“这是我跟姐姐的合影。”

“怎么越看越像是用电脑处理过的。”我打趣说。

“你看看左边我姐姐的胸前，是不是有一个小黑点。”她说。

我仔细看了看左边那个穿着夏装女孩儿的胸部位置，果然有一个非常细小的黑点。

“嗯，有……”

易小云竟然解开纽扣脱掉衬衣露出洁白的锁骨，我愣在原地不知所措地看着她。

"你看看有没有黑斑。"

"不用了，我刚开玩笑的。"

"从小到大姐姐一直很疼我，什么好吃的好玩的都让给我，我犯错她都帮我揽下来，也帮我挨了很多次打……但，那天，我吵着让姐姐买糖给我吃，可是在买糖的路上，姐姐……姐姐就……"说到最后易小云泣不成声。

"别伤心了，一切都过去了。"我递给她纸巾并安慰她，突然感觉很内疚。

"求求你了，你一定有办法，只要你帮我做成这件事，什么条件都能答应你。"在我晃神的时候易小云突然扑在我怀里哭着哀求道。

"好吧，我试试……"我都不知道自己是怎么开口的，也许是情不自禁。

英雄都难过美人关，更何况遇到一个哭泣的姑娘。

~ 2 ~

时光倒流到 1999 年。

距离给自己解围的时间还有几天，我有充足的时间去了解小时候的易小云姐妹。

如小云所说的，她们姐妹俩分别在不同的小学读书，平时在家她们也几乎都在一起玩耍。小雨一直很照顾妹妹小云，我甚至看到她几次替调皮捣蛋的小云挨打，能拥有这样的孪生姐姐，我真的替小云感到高兴。

不过有一件事让我相当疑惑，姐姐小雨几乎不会拉小提琴，但她却要参加小提琴演出，妹妹小云是一个小提琴好手，却很少在人前演奏，而演出那天正好是车祸那天。难道里面藏着什么秘密？

这些小云没跟我提起过。难道真的得去问这个少女时期的易小云？

因为担心是“美人计”，我决定去探个究竟，那天恰恰是“车祸”将要发生的早晨。

“小云。”

少女回头，一脸疑惑地说：“你是？”

“哦，我是音乐老师，你的小提琴拉得不错。”

“谢谢老师。”说完后她仿佛想起什么慌忙地说，“对了，我不叫小云，我叫小雨，小云是我妹妹……”

“小雨胸前有个黑色的斑点。”我打断说。

被我说中后易小云显得非常慌张，张大口却又不知道说什么好。

“请放心，我不会说出你代替你姐姐演出的事。”看到她慌乱的表情我连忙补充说。

“谢谢您。”

“可是我有个疑问不知道该不该问。”

“老师请问吧。”她笑着说。

“为什么你小提琴拉得那么好却很少在别人面前演奏，而你姐姐拉得那么不好你却替她演出？”

小云瞪大双眼，迟疑了会儿说：“老师，我可以告诉您，但也希望您再次替我保密。”

“可以……”

“我姐姐非常喜欢小提琴。”她说。

“可以看得出。”

“其实小时候我非常希望姐姐不拉小提琴。”她回忆说，“小时候，我跟姐姐都梦想成为一名优秀的小提琴手，我老想要比姐姐拉得好，但又从来没超越过姐姐……如今姐姐的小提琴拉得不是很好，是因为她双手的手指受过伤，没那么灵活，而受伤的原因是，小时候她帮我挡下一杯开水，那杯开水是我故意放的……”

听到这我总算明白了，小云是在救赎，她在替姐姐实现她的小提琴梦。“无论如何，你们是一对幸福的姐妹。”我安慰说。

“其实我最幸福，姐姐比较不幸。”她说。

听到如此有“预见性”的话我倒是内心一阵颤动，小云忽然流下眼泪说：“虽然我一直苦练小提琴想帮姐姐实现她的梦想，可是姐姐一直蒙在鼓里，而且从不犹豫地替我挡下很多过错……”

“你是爱你姐姐的，即便她知道真相，也会原谅你的。”我安慰说。

“是吗？我打算今天演出完后跟姐姐道歉，这是姐姐最期待的一场演出。”她擦拭了下泪水说。

“加油。”我鼓励说，可说完我突然想起那件事，急忙问：“对了，你姐姐在哪呢？”

“哦，姐姐说去给我买糖了……”

“她出发了吗？”

“好像还在休息室……”

“好，再会。”

说完我便飞快跑开了，在拐角处我转头看了一眼易小云，她的笑容依然如蝴蝶般轻盈，令人痴迷。

完蛋！差点儿忘记要去救自己。

想到这我快速跑回中学，然而一切都结束了，少年的我被送进医院。

难道历史不会被改变?

但是我已阻止小雨去买糖了。

~ 3 ~

我躺在床上，认真思索着这几天发生的一切。她们现在过得如何呢？或许她们已经是出色的小提琴手了。

不知道易小雨是否还会记得当初叫她不要去买糖的那位“老师”，要是不记得也没事，我真心祝福她们快乐。

我上网搜了下她们的资料，可是显示出来的资料却异常的少，难道她们没有实现梦想?

也许用的是艺名吧?

总之祝福她们便可，何必再去打扰她们呢。就在我要关闭网页时忽然看到一条熟悉的信息，那是一个非常熟悉的论坛里的一个帖子，点进去一看：如果有谁回到 1999 年，麻烦告诉易小雨的妹妹不要去参加演出了。

此时，忽然响起敲门声……

后来，你们在一起了吗

这就是我们的青春，我们的初恋。

~ 1 ~

宋小君突然说他们宿舍的老大找到他的初恋了。

多年后老大突然跟国外的初恋联系上，随后就变得很疯狂，说要马上订机票去见她。

青春美好，初恋无法忘却，特别是对于而立之年的男人来说。可老大已经结婚了，老婆是大学的老师，最关键的是马上要生二胎了。

还能那么冲动吗？最后宿舍一伙人把他心中燃起的烈火浇灭，然后他边哭边跟所有人回忆着和初恋的点点滴滴。

无论男女，为什么那么多人都忘不了初恋呢？

而你呢，还记得你的初恋吗？

~ 2 ~

大鱼是我大学时认识的朋友，去年去青岛平度参加了他的婚礼。

到了求婚环节，大鱼说："米儿，嫁给我吧！"

新娘不是叫小麦吗？难道是五谷不分家，她还有一个叫米儿的小名？

我还在嘀咕时新娘子直接给了他一巴掌，随后大哭着跑出了婚礼现场。

看到这一幕我才反应过来，原来这小子在这么关键的时刻喊的竟然是初恋的名字。

大鱼和初恋米儿是高中时候认识的，那时还有一个敌对势力对米儿死缠烂打，大鱼便约他放学后操场见。

可到了放学时大雨滂沱，操场大门紧锁，敌对势力显然是退缩了，但大鱼为了表达对爱情的赤诚，决定在操场等到晚上以宣示主权，于是他爬上了围墙，结果脚底打滑直接被栏杆磕到……

接下来一周他只能在医院里度过，但也恰恰是这个意外最终得到米儿的同情，主动过来帮他补习作业。

出院之后，大鱼马上展开追求攻势，当然套路还是当年我们的那些套路，但是偏偏套路总是得人心，特别是在荷尔蒙爆棚的青春岁月。

大鱼约了小伙伴们关掉教学楼的灯摆出一个心形，然后自己在楼下送礼物求爱，但万万没想到，有一个教室不配合，正是情敌所在的班级。

你说一个漂亮的心形中间是黑色的，谁受得了？

大鱼二话不说直接跑上去开灯，他一开情敌立马关掉，一来一往变成拳头交锋，本来教学楼被当成求爱道具已经很抢眼，再加上打架斗殴，隔天大鱼便顶着熊猫眼出现在“批斗大会”上，那天艳阳高照，那天万众瞩目。

教导主任拿着大喇叭训斥着他，并威胁他说出早恋对象，否则将开除他。

大鱼当然死活不会说出米儿的名字，他宁愿自己被开除，但是他没想到米儿自己走向了主席台，然后对着话筒说：“是我，我是他女朋友。”

全校学生欢呼鼓掌，那天大鱼非常认真地看了米儿一眼，阳光下她的酒窝美得让人沉溺。

~ 3 ~

后来米儿跟大鱼说，她只是帮他解围，女朋友的事等上了大学再说。

于是大鱼开始发愤图强，刻苦学习。但是经过两百多天的努力奋战他依然落榜了。

后来大鱼选择复读，米儿说会在大学等他。于是经过一年徒手碎榴梿、脑袋拍砖头的刻苦学习，大鱼终于考上米儿学校……附近开钛合金挖掘机的院校。

那天大鱼兴高采烈地骑着自行车赶到米儿的学校找她，却发现她被一个半长头发的男生载着在校园里游荡。大鱼抄起板砖，过去就拍在人家头上……当然，他心里是那么想的，现实肯定不会那么干的。

那天他默默回家，等到很晚才给米儿打电话。

大鱼问：“那个人是谁？”

米儿犹豫了很久说是男朋友，怕耽误大鱼高考所以一直没跟他说。

大鱼先是愤怒地说跟一个长发的男生谈恋爱跟搞百合一样，说着说着就哭了出来，宿舍楼下的公共电话亭里，大鱼哭到话筒进水，米儿都听不清他到底说了什么。

那晚等待打电话的男生排到了宿舍楼外，他们煎熬着听一个七尺大汉哭诉他的初恋情怀……

后来大鱼听说那长发男吸引米儿的是会弹吉他、组乐队、玩摇滚。本着输人不输阵，输了见笑面，他发动有着不羁之心的舍友一起组乐队，在一次高校乐队比赛上击败了新的情敌，重新获得了米儿的芳心。当然，如果故事真那么发展，这肯定是豆瓣评分不到五分的国产青春电影。

真实的故事是，大鱼确实开始疯狂学习吉他准备组建乐队，但舍友只有放荡没有不羁，第一步落空，接着参加比赛连初赛都没通过，眼看复仇计划要半途夭折。万万没想到上帝帮他改动了剧情，他最后还是战胜了那个长发男，因为长发男是米儿学长，毕业季到来，跟米儿自然分手，当然，我们情愿相信是大鱼日日夜夜的守候感动了米儿。

~ 4 ~

毕业后米儿到北京上班，大鱼隔年迫不及待赶到。那时候米儿俨然一副学姐状态，带着大鱼熟悉北京的环境。

坐过地铁的同学都知道，北京的地铁能把熊挤成扑克牌，为了防止米儿被占便宜，大鱼每次都让她站在门口和座位中间的三角地带，然后他挡在前面，一副一夫当关万夫莫开的架势。

那时候的列车仿佛通往的是幸福的终点站，但是到站后他们迷失在了出口。

米儿早一年到北京，混得风生水起，随着职位提升接触到了更多高端人士，而大鱼就是条加班狗，工资刚好够生活，米儿喜欢喝咖啡，每次去咖啡店，大鱼只点一杯给她，以自己不喝咖啡为理由节省下一杯，他看着米儿喝咖啡就很幸福，但是两个人却因为这些细节慢慢出现了分歧。

大鱼总觉得自己越来越配不上米儿，再加上米儿打扮比较精致，大鱼总觉得她可能一去就不回来，每次聚会回家又晚，再有点儿酒味，大鱼就免不了跟她吵架。

大鱼和米儿最后的分开是因为一次算不上误会的吵架，起因仅仅是一个不相干的客户送米儿回家，米儿在楼下多逗留了会儿。

分开前米儿哭着说："喝咖啡的时候我多么希望能点两杯，我们一起分享这份美好，但是你永远只喝白水，当时我在想我们的生活观是不是永远不在一个频道上。"

大鱼想解释他其实是想省钱，但是却没有说出口，因为他觉得男人的尊严更加重要。

很多时候，两个人的分开并不是因为不爱，而是因为太过于在意，太在意就会控制太多，用力过猛再加上太倔强太好强，太在乎所谓男人的尊严，往往一个误会、一场吵架就能成为压死骆驼的那根稻草。

再后来两个人分开又各自有了新的对象，但是用大鱼的话说，从此以后每一个恋爱对象都有了初恋的影子，他知道这对谁都不公平，但是不知道为什么初恋就像是胎记一样印刻在他的心里，一直到婚礼上他叫错了名字……

~ 5 ~

年轻时的分手大概是因为两个人太过执拗，又不够勇敢，这就是我们的青春，我们的初恋。

可多少年后无论初恋在哪里，我想 TA 都会永远住在我们心里，无论是爱还是恨，都是永恒的记忆。

或许，初恋只是出现在我们人生开始的时刻，但是我们却要用一生去铭刻。

后来，你和初恋在一起了吗？

爱是引力波

世上最美的风景是你的笑，我这一生都交给你指教。

~ 1 ~

引力波是什么？

这是最近各大网络平台最火的问题之一。经过各路大神的科普，我们这些物理不及格的文科生大体也了解了它的定义。

对于我们这些“真爱至上”的狂热追求者而言，引力波在物理科学的诠释如此，在爱情也如此。

王菲在《传奇》中唱道：“只因为在人群中多看了你一眼，再也没能忘掉你容颜。”

这便是一见钟情的“引力波”，只是在人潮人海中的一个眼神，却在心里引发那么大的旋涡，从那以后围绕着你朝思暮想，为你消得人憔悴，每一个遇见的面孔都有你的影子。

而演唱者王菲与谢霆锋的恋情何尝不是如此。年轻时不顾一切在一起，人们说他还是太年轻，也说王菲空虚寂寞。

可若干年后，看遍世间冷暖，方知对方在自己生命中的“重”。最后两人还是选择再续前缘，虽然这份相聚要牺牲很多，但是爱情的“引力波”就是那么奇妙，爱情的重量就立在那，立在你心里，无论在它周围盘旋多少圈，盘旋多少年，这些年又改变了多少，彼此成了什么模样，最后你还是勇敢扑入对方的怀里。

《恋恋笔记本》是我非常喜欢的爱情电影之一。

电影开场是疗养院里一个老先生给病友老太太读日记本里的故事。

美国20世纪40年代初，穷小子和富家千金在晚会上相遇，穷小子第一眼便无可救药地爱上了千金小姐。

很多时候爱情的荷尔蒙就是如此微妙，对方就像是一个重点立在那一样，牵引着你绕着这个重力点不断盘旋靠近，你在这个过程中不断“扭曲”变化着。

“姑娘学”有云：若她涉世未深，就带她看尽人间繁华；若她心已沧桑，就带她坐旋转木马。若他情窦初开，你就宽衣解带；若他阅人无数，你就灶边炉台……是啊，穷小子先是爬摩天轮用生命的冒险来换取她的回眸；再用月色下十字路口的曼舞博取伊人一笑；后用同骑乡村自行车和戏水赢得她的芳心。

然而家人的反对和二战的爆发把两人生生分开，归来时千金小姐却将为人妻。穷小子孤守着当年的美好念想，独自在小镇改造了当年承诺的婚房。而千金小姐即将步入婚姻殿堂时在报纸上看到了这座房子。一边是少女时深切的爱，一边是完美充裕的婚姻，到底谁才是她的重心，两边又有怎样的引力波？

电影的最后才知道这个读日记本的老先生就是当年的穷小子，而这个老太太就是当年的千金小姐，他们确实在一起了，但是老太太患了失忆症，忘记了所有故事。老先生在最后的岁月里选择读日记本陪伴她，唤醒她的记忆。

在这一生，他们互为“重心”，彼此环绕，即便中途坎坷不断，但是一旦这个重心再次出现，他们终究还会选择义无反顾围绕着对方旋转，即使世事炎凉、人世沧桑。

都说真爱就能产生奇迹，只要我们相信爱情，勇敢去爱。

～ 2 ～

阿伍是我伯公的朋友。在台湾地区，一待就是半个世纪，再回大陆竟然已是落叶归根的骨灰，而伍老伯孤独了一生。

后来一次偶然的机会，我认识了一个台北地区的朋友，她从小就认识伍老伯，她将整个故事转述给了我。

年轻时的阿伍经人介绍与一个叫蕙兰的姑娘相亲。彼时的初遇便在阿伍心中掀起了巨大波澜，从此一生便围绕着这生命的“重心”旋转。

蕙兰父母早年病亡，自己一人在西门町开了一家小吃店，因为心中仍有旧情，她非常反对相亲，但是阿伍的腼腆让整个相亲变了味，让她错认为他是顾客。

日积月累，阿伍经常出入小吃店给蕙兰帮忙，而蕙兰当然热情相待，阿伍错认为这段亲事算是定了，而蕙兰因为旧情愫则把漂泊异乡无依无靠的阿伍当成了好朋友。在这样一个错误的时机里，当阿伍当众提亲时，蕙兰自然大发雷霆。

再后来因为酒醉，阿伍迷失了自己，犯下了不可弥补的错误。酒醒后的阿伍在蕙兰家门口长跪不起，而她则闭门不出，日复一日，直到一个大雨滂沱的夜晚，蕙兰为他撑起了伞，让他以后别来跪了。

这算是原谅，也让爱情的引力波更加强大，更让阿伍的人生更加扭曲。阿伍见到蕙兰心跳速度更快，这便是无可救药的爱。

蕙兰年复一年经营着小吃店，成了西门町最有名的阿婆味道，而伍老伯则买了辆三轮车平时给各家店拉拉货物，闲来卖点儿甜豆腐脑，每天都围绕着阿婆旋转，一转就是几十年，只为看她不经意间一笑。

我曾问过台北地区的那位朋友，伍老伯就这样转下去，他们真没有在一起吗？

朋友的回复总是摇头，让我不得不相信这个故事的残酷结局。后来我终于明白，伍老伯选择一生的陪伴来救赎这份爱情，而对于蕙兰阿婆来说，她自有她深埋在心里不能说的秘密。他们都在承受着爱情那引力波带给他们生命与爱情的“质量”。

但是按照引力波的原理，当两个有质量的物体互相围绕着旋转时，必然会产生起伏、震颤、波浪并释放巨大的能量，甚至引发时空扭曲。而他们怎么几十年都没有丝毫改变呢？

伍老伯葬在闽南的山头，再后来台北地区的朋友说阿婆去世了，遗愿是将骨灰跟伍老伯埋在一起。这时我忽然明白，他们的爱情引力波早已趋于平衡，成全了爱情。

于是我改编了他们的故事写了中篇小说《西门町的美丽传说》，希望记录下这种爱情，它叫：勇敢爱上你。

这人世间，有太多美好的爱情故事，而我们大多过了耳听爱情的年纪。

这些年，走过那么多路，喝过那么多酒，看过大江南北，始终觉得生命不能承受的你最美。

也许这就是爱情的引力波，它将指引你勇敢去爱。

遇见你就像吃了无解的毒药，不能酒醉的人不明了。

世上最美的风景是你的笑，我这一生都交给你指教。

十八岁给我一个姑娘

每个人的青春都是一首诗。

~ 1 ~

认识李健的时候还是梦想着十八岁拥有一个姑娘的年纪。

那时，每个想要恋爱的雄性动物都是诗人。我如此，老鸟如此，阿元如此，院长也如此。

院长曾经说，他的诗歌基本都是在厕所里写出来的，特别是在大便即将波涛汹涌奔出来的时候，那个时候最容易爆发灵感。关于这点，我没完全同意，因为那个时候院长这货就没写过几首诗。

但是院长很喜欢讨论诗，特别是在有酒有姑娘的情况下。院长屁颠屁颠地跑到我座位旁说："小强，你喜欢写诗是吧？”

看到院长那一脸淫荡的表情，我忽然觉得院长不是问我是不是喜欢写诗，而是问我喜不喜欢一夜情。

我没有回答，一脸迷茫地点了点头。

院长依然是一脸淫荡，继续说：“你听说过那个人没？”

说到这，院长还发出了笑声，这淫荡的笑声让我想起了那个月黑风高的夜晚，院长从老鸟的枕头下摸出一个小杜杜，当时的笑声跟现在如出一辙。

我愣了下，弱弱地问：“你想干吗？我没阿杜啊？”

院长马上收起淫荡表情，摆出壮士断腕的架势说：“你能不能严肃点儿，我们是在正儿八经的学校里正儿八经地复读。”

我急忙点了点头说：“是的，我们正儿八经地读书，正儿八经地谈恋爱。快说说那是个什么妹子！”

院长忍无可忍，揍了我一拳说：“不是妹子，是爷们，是纯爷们。”

擦！我劈头盖脸骂过去：“院长我严重警告你，我性取向没问题。”

此时我实在不知道他到底在玩什么，他平时除了诗歌、酒、姑娘，外加小杜杜还能玩什么？

只听院长继续说：“我是给你介绍一个写诗的朋友，叫李健。”这个名字在我当时听来，就是“你贱”。

我愤然回道：“你才贱。”

“真的是李健。”

“你才贱。”

“你贱，你们全家都贱。”

“你才贱，你们全校都贱。”

我忘记我跟院长是同一个学校的了。

有时候我在想，为什么我老是分不清 L 和 N 的发音？

就这样，我活生生错过了认识李健的第一个机会。

~ 2 ~

直到有一天，长得超像陈奕迅的阿元过来找我。

多少年后，我终于鼓起勇气对阿元说：“你知道你长得很像陈医生吗？”

没想到阿元高兴坏了，说：“真的吗？”

无奈之下，我又补了一句：“一样丑。”

随后发生的事太过血腥，这里就不提了。

那天，阿元过来找我，给了我一首他新创作的现代诗。

一听到他说写了一首诗，我马上被吓蒙。“别给我看，别给我看。”

鬼知道他写的诗里面到底又是怎样一段漂亮姑娘让猪拱了的罪恶史。所以我选择不看，不看。

哪知道阿元急了，狗急了都会跳墙，何况是阿元。

他拿着稿子站在椅子上大声朗读着……为了避免广大观众耳朵和眼睛均被强奸，此处省略一百个字。

我做梦也没想到，阿元的图文并茂、生动激情的朗诵竟然把院长勾引过来了。

有时候我搞不明白为什么青蛙交配的时候只要叫几声就能把雄青蛙引诱过来，在这里请大家注意，并不是雌青蛙的叫声，哪怕是人，只要你模仿这个声音鬼叫，雄青蛙也会跳过来，小时候我亲眼见我叔叔用这个方法引诱了几只雄青蛙，然后那几只可怜蛙全都进了我堂弟的肚子。

看来只要叫得销魂，不管是雌性还是雄性发出来的都是有效果的。

院长兴致勃勃地跑过来，请记住，院长此刻说出了一句足以载入史册的话，他说："你也写诗啊？"

多么普通，多么悲催的一句话，所有青春的回忆都说了出来；所有写诗的年纪都逝去了；诗里面所有被暗恋的姑娘都嫁了人，生了别人的孩子……

阿元听到院长的话，异常兴奋地点了点头，然后高兴地说："是啊，没想到你竟然懂我的诗。"

就在此时，院长又说了一句足以载入诗歌批评史的话，他说："写的是什么玩意儿，简直糟蹋了诗。"

阿元听到院长赤裸裸的批评，把稿子揉成了一团往院长脸上砸了过去。

院长是何许人也！他可是国光中学高补班第一大土匪，连我平时玩弹珠的时候都得让他三分。

随后发生的事显而易见，阿元、院长干起了架，我无奈过去劝架，于是上演了著名的三英战吕布。呃，貌似少了一人？这都不是重点，重点是，最后我跟阿元联手打败了院长。作为战败国，院长赔偿了同盟国一个学妹……靠，这我跟阿元该怎么分？

最后的最后，我还是跟李健失之交臂。

~ 3 ~

所幸，上天并不是那么绝情。

真正认识李健的时候已经是毕业前夕，那个时候，过了十八岁的我们依然梦想着拥有十八岁的姑娘。

我对院长说："院长，你每次都说要给我介绍一个人，他到底是干什么的？"

院长愣了下，纳闷地说："嗯？有吗，我什么时候要给你介绍人了。"

"靠，李健啊。"

"靠，你才贱。"

"靠，是名字叫李健的啊，你忘记了吗？"

看到我一脸无辜的样子，院长终于忍不住大笑起来。

我明白他刚才是故意在耍我。"靠。"我骂了一声，也一拳打了过去。

院长告饶道："别打了，我说，我说。李健啊，本名叫李伟健，他有个姑娘非常漂亮，特别是那身材，真的，你不知道，她的胸部，真的很大……"

鉴于院长从来不说实话，后来我去找了老鸟，问清楚了到底谁是李健。当然，老鸟的答案是有条件的，那个时候老鸟正在追一个姑娘，钱都花那姑娘身上了，没钱买烟，他让我去阿元那拿根烟。谁都知道阿元不抽烟，哪来的烟。可没想到我还真从阿元的兜里摸出了烟。关于这事我纳闷了很久，怎么猜也猜不透。

就这样，我从老鸟那儿知道了关于李健的事。

“李健啊，本名叫李伟健，原来是足球队的队长，一头劳改犯的发型，经常穿着阿根廷球服配着一双人字拖，他确实有一个非常漂亮的女朋友，怎么美女都让猪给拱了。李健也是国光中学芙蓉文学社的社长，后来，文学社在他的带领下走向了倒闭。话说，李健之所以能当上社长是因为他会写诗。”

我忍不住又骂了一声，终于说到重点，终于明白院长那厮为什么一定要给我介绍李健，还是因为诗，也终于明白毕业的时候院长死活不再跟我提起李健，因为我们都即将告别写诗的年纪。

后来，老鸟在我苦苦要求下给了我李健的 QQ 号码和一首诗。

加上李健 QQ 的时候已经是跟老鸟、阿元、阿贤、阿福去打工的时候了，院长那厮不知道跑哪去了。而那个时候的李健，据说已经在福州大学上大一了。他上大学后依然在踢足球，换了一个女朋友，胸依然很大。

李健说，他在大学的时候已经很少写诗了，他很怀念高中写诗的时光，那时候经常在一些地方小报刊登几首不痛不痒的诗歌，拿到可怜兮兮的十几块稿费后就请所有兄弟去吃沙县小吃。后来，他翻出一首旧作《雪祭》给我看，我至今还记得最后两句：“在我无法转身的身后 / 身后只有雪花在悄悄地祭奠。”

~ 4 ~

假如我的青春里没有诗，这个青春还是不是完整的？

假如我的青春里没有那帮写诗的损友，写诗还有什么意思？

每个人的青春都不一样，但结局总是这般相同，这般残酷，我们终将告别青春。

但如今，我依然记得那些没心没肺笑过的岁月——

每个初恋的人都是一个诗人。

每个人的青春都是一首诗。

故事的后来，我北上流浪。

很多年没跟院长联系，更忘记了李健这号人物。

阔别多年的某一天，院长给我打来电话，也是这时，我忽然又想起李健。

于是连忙找到他的 QQ。

这家伙竟然在线！

我迫不及待地问道：“李健，你在啊，最近还写诗吗？”

很快，李健答复我了。

他说：“不好意思，我 QQ 号之前被盗，你是谁啊？”

我的奇葩好友东静伦

青春，谢谢你，再见。

~ 1 ~

东静伦是我高中时代的好友，就住在我隔壁宿舍。

我当时很好奇他名字怎么取的跟岛国爱情动作片女主角似的。

他连忙跟我解释，“东”是他原名里的字，“静”是他很喜欢周杰伦的《安静》，“伦”就是周杰伦了。

东静伦笑起来一嘴墓碑石似的小龅牙全露出来，他半扑在床上，一头周杰伦刚出道时那种尿盆似的头发，把深邃得看不见的小眼睛全遮挡住。

高中时候是我爱诗的时候。

高中时候也是周杰伦非常流行，而我非常讨厌他的时候。

那时，我写好一首诗跑去找东静伦。

还没到宿舍的时候我就听到他又在开周杰伦专场了。说实话，当时他的歌喉是不错的，一曲《七里香》淡淡的就像夏季里的橄榄。

那时候我常开玩笑说："你不光继承了周杰伦的歌喉，也继承了他的丑。"

我进去便打断了他的演唱会，硬是把诗拿给他看。

东静伦也是一个诗歌爱好者，当然，他诗歌的产量跟后来的院长一样。

我原本以为他看完后会象征性地表扬一下，可是他竟然非常不屑地说了一句："这他妈的算什么诗，写得跟屎一样。"

听到这话我不爽了，于是破口大骂："你他妈的懂不懂诗啊。"

骂完便把纸揉成一团丢在他脸上。

可是东静伦没有生气，随后他跑过来找我，笑嘻嘻地对我说："我刚才说的都是气话，你别在意，其实你写的字还是蛮好看的。"

我没搭理他，淡淡地回了一句："没事。"

东静伦又笑着说："不过说句实话，你的诗真的写得跟屎似的。"

听到这话我简直怒发冲冠，侮辱我就算了，竟然侮辱我的诗！我盖上被子没再搭理他。可是，在后来许许多多的日子里，我去过很多地方，喝过很多酒，看过很多姑娘，也写过很多诗，忽然觉得东静伦说的话并没有错，我真的写得跟屎似的。

~ 2 ~

宋小君说，所谓的文艺青年通常只有两大技能，一个是弹吉他，另外一个是射精。

是啊，绝大部分文艺青年搞艺术都是为了搞姑娘，极少部分真正的文艺青年是搞完艺术再搞姑娘，当然，还有超级多冒牌文艺青年是只搞姑娘不搞艺术。

我高中时候的文艺青年活得很单纯，他们的两大技能，一个是文艺，另外一个还是文艺。东静伦算一个。

那时周杰伦火得昏天暗地、无法无天。我承认我对他确实有偏见，但是他确实很有才华，但是他确实也很……丑。

当然，我说的是东静伦。

高中我很喜欢踢球，每次都踢到很晚。

有一晚我踢完球回宿舍洗澡，洗到一半时，忽然听到隔壁宿舍传来歌声。

靠，东静伦这次竟然把周杰伦的声音都模仿出来了。

我连忙穿上大裤衩，光着膀子往他宿舍跑去。

跑到才发现他关着门。

我心想，这小子关什么门啊。直接一脚踢过去。

当宿舍门被我一脚踹开时，我下巴直接掉了下来。

这是什么情况？

东静伦光着膀子，不，东静伦是全身光光。

在他身子下面有一个姑娘。

这姑娘竟然是……那个无数次出现在男生宿舍夜话故事里的食

堂妹？

就这样，我们三个人愣了足足半分钟。

旁边录音机还咿咿呀呀地放着周杰伦的《七里香》，歌词是这样的：“那饱满的稻穗，幸福了这个季节。而你的脸颊像田里熟透的番茄……”

在这样的场景下，配着这样的歌曲，越听越销魂。

还是我率先打破这尴尬，我说：“如果天热的话记得开空调。”

说完，我头也不回地走了。注意，是走了，不是跑了。

随后，身后又响起销魂的《七里香》：“你突然对我说，七里香的名字很美。我此刻却只想亲吻你倔强的嘴……”

哈哈，我错了，上面那段是我瞎编的。根本就没有所谓的食堂妹，她依然停留在广大男生宿舍的夜话故事里。

更何况东静伦是非常纯洁的文艺青年，不可能和姑娘怎样的。当然，也没有姑娘心甘情愿和他好。

而我踢门进去看到的场景是，记住，这个场景只保持了零点零零一秒——

东静伦光着身子，他闭着眼睛一脸陶醉样子，唱着周杰伦的《七里香》，然后……右手，记住，是右手。在不可描述！

话说，右手是强大了，男生有了右手这个世界就可以不用有女性了，甚至很多宅男都有跟右手结婚的冲动。

很多年后，我终于明白了为什么结婚要戴戒指，戒……指……戒掉……手指。这些都是后话。

当时我直接愣在原地。我该怎么办？

逃？既然都来了，逃了多尴尬啊。

进去？进去干什么，帮他打飞机？

还是两个人一起打飞机？

好不容易，我开口说："需要我帮忙吗？"

靠，这是什么话，真帮他打啊。

东静伦转过身，尴尬地回答："需……需要。"

靠，这是什么回答？

不过他既然都说需要，我就大大方方地进去了。

东静伦看到我走了进去眼睛差点儿掉了出来，我走到床边，俯下身子，伸出右手……掀起被子，给他盖上。

随后说："晚上有风，小心着凉。"

说完我非常安静地走开了。

我至今仍非常佩服当年的自己，这淡定的表情，这优美的动作，这矫健的步伐，简直神一般存在着。

不得不说当年的我也是一个奇葩啊！

~ 3 ~

我原本以为东静伦从此就对我退避三舍了，没想到他竟然主动找我。

而且是约我去喝酒。

当然，在我的高中时代，喝酒的方式很简单，无非就是去校门口对面那家花五块钱就可以吃到撑的沙县小吃。但是这对于当年的我们来说，是一种别样的情怀。

文艺青年不会喝酒就像是冬天的寡妇不会寂寞。

所以东静伦点了很多酒。

酒过三巡后，东静伦开始胡言乱语。

他说他把食堂妹的肚子搞大了。

什么情况？我看到他们上床的事明明是我瞎编的。

我还没来得及判断真假，东静伦又开始抱怨了。他说：“都是他妈的你那天晚上踢门进来，害我吓了一跳没做好安全措施。”

我靠，这一切难道是真的？

我破口大骂：“你他妈的楚汉决战不选择个合理的战场非得在宿舍？就算你选择了宿舍难道不会选个好兵器吗？”

说完我发现不对，貌似兵器没得选。

喝完酒，东静伦借走了我一个月的伙食费，这也将是食堂妹的流产费。

随后有一段时间我都没见到东静伦，每次去他宿舍，他的床位都是空空的。

掀开被子，还能看到被子上面机关枪扫射遗留下的地图。

我不知道到底出了什么事，难道他跟食堂妹私奔了不成？

这当然不可能，很可能是他跟食堂妹的事情被捅了出来，然后被学校开除了。

不过几天后当我看到食堂妹的时候，才发现一切都错了。

她一看到我就冲过来打我。

吓得我连忙抓住她的手，大喊着："你神经病啊？"

她哭着喊着："我惹你了吗？你为什么造谣？"

我喊着："我造你什么谣了？"

她喊着："你还不承认，就是东静伦啊。"

什么情况？难道她是想说东静伦跟她的事是我捅出去的？没有啊！

我弱弱地回答："不可能吧？"

她哭喊着："就是你啊！你还不承认，我跟东静伦根本就不认识，你为什么造谣说他跟我的关系，还造谣我怀孕了！"

～ 4 ～

从那以后我就再也没有看到过东静伦了，几次路过他宿舍的时候我都幻想着东静伦抱着吉他唱着周杰伦的歌曲，我想我会很真诚地告诉他，你唱的《七里香》真的很好听，虽然你长得真的很丑。

但是他没有给我这个机会。

时光再回到高一，那时候学校的文学社社刊上刊登了一篇名叫《我的好友东静伦》的文章，东静伦拿着社刊跟我说："这作者是哪个傻子啊，把我写成这样。"

我笑着说："要不要我写一篇维护你形象啊？"

东静伦说："好啊。"

距离这句话过去已经快十年了。

如今这篇《我的奇葩好友东静伦》还没给他看，不过我仿佛已经听到他的骂声："靠，你写得真的跟屎似的。"

好吧，那些没心没肺、异想天开、天马行空、有着周杰伦歌声陪伴、笑着哭得看似很牛其实很装又很苦的青春岁月。再见！

虽然有万分不舍，但真的。青春，谢谢你，再见。

心里住着那个不可能的人

有生之年能遇见你，竟花光我所有运气。

~ 1 ~

有一天小雪留言给我：后来我在微信取消了他的置顶，有新的人来跟我说话，他就会越来越靠后，但他始终在我的通讯录里，而且有着翻不完的聊天记录，那些都是美好的往事。我们不可能在一起了，可是我还是舍不得删除他，有些时候忽然看到这些聊天记录和图片，还会哭得很厉害。

我回复：你心里住了一个不可能的人。

小雪是我的资深读者，经常给我邮寄美食，吃着吃着，我就成了她的情感垃圾桶。

她跟前男友是由闺蜜介绍认识的，彼此经常碰面，再加上男方不停“骚扰”，就像是我跟她阐述的一样，一个寂寞怨妇碰上一个会撩骚的老男人，早晚干柴烈火。

可是后来男友要去南方工作，两人都接受不了异地恋，但是小雪始终不敢提出分手。

那时候，男友在某个重要部门工作，离职要盖二十五个章。那段时间小雪觉得自己就像待办事宜的第二十六个章一样，不知道哪天就要被盖掉。他不再吻她，连拥抱都是她厚颜的索取，即使两人睡在一起也不再有亲密行为。

离别的前一天晚上，两人一起去看电影，散场后竟然走散了，以前无论在哪里，男友一定会过来拉住她的手，而那晚两人就这样走着走着就散了，心也凉了。

后来送别的时候，小雪不想窘迫地在他面前哭，车来了，只听了一句话就转身走开。而男友并没有叫住她，也没有追上来。

但是分手那么久，小雪依然忘不了他，甚至交往了新的男朋友，在夜深人静时突然醒来，有时也会分不清身边到底躺的是谁。

故事回到开头，我对她说：“之前看到过一个故事，一棵树爱上了马路对面的另一个棵树，然后就没有然后了。很久以后我才懂，不可能的事，开始就是结束。所以，不用伤心，就像处理小时候那些穿不了又舍不得丢的衣服一样，把他藏在柜子深处，仅供回忆。”

小雪问道：“真的可以？”

我回答：“是的，因为人人心中都住了一个不可能的人。”

~ 2 ~

小静是我在旅行中无意碰到驴友，喝酒聊天时，她跟我讲述了她的爱情故事。

她跟 N 君认识了十几年，两人算是青梅竹马，后来分开后三年多没联系。

今年过年回家，同学无意中提到 N 君，小静竟然连着失眠了好几天。

她说，这三年多身边的人很多，也有很多优质男，为什么自己没动过心呢?

我说：“你忘不了他，跟自己过不去。其实谁都一样，分开以后不再联系，但人潮人海中遇到的每一个人都有 TA 的影子。会默默祝福 TA，但却不忍提及 TA，知道不可能，却总是不愿放手，仿佛一切都是自己心甘情愿。”

小静点了点头，接着说道：“去年在朋友圈看到他分享婚纱照，真诚地给他留言祝福，但是看到他回复谢谢两个字，我的眼泪还是落了下来，怎么都抹不完，怎么会这么难过呢，怎么有这么多眼泪呢，终究还是承受不住，只能一个人跑到阳台无声地痛哭。”

我停了一会儿，说：“人人心中都住了一个不可能的人。”

后来，有一天突然在网上看到小静写的一段文字，写给心中住着的那个不可能的人。

“我认识你时，你还是个少年，多年不见，你已将为人夫，为人父。倘若有一天我能再见你一面，我一定会微笑着沉默。”

我默默点了个赞。

你呢，心里是否也住着一个不可能的人呢？

就像身上有了爱情文身，平时看不见，但却伴随一生，偶然之间在镜子里瞥见，便哭得很开心。

是啊，心中住着的那个不可能的人，有生之年能遇见你，竟花光我所有运气。

我们曾经见证过红尘滚滚，曾经轰轰烈烈爱过，曾经相濡以沫。如今依然心中记着你，彼此却相忘于江湖。感谢你所赠予的那些美好的曾经，即便有千万种不可能，依然祝你，也祝我幸福！

陪你彻夜喝酒的人有很多，陪你勇闯天涯的人有多少

他们也曾相濡以沫，可最后却彼此相忘于江湖。

~ 1 ~

之前写了一篇关于失恋终结者的爱情故事，提到失恋后暴走北京三环看到明天升起的太阳，就能走出失恋阴影。

后来有不少读者留言表示想要尝试，其中有一个李小姐拉着她的“好兄弟”陪她一起暴走了三环。然后这哥们过来留言抱怨自己要永远备胎了，我看他从中学开始就一直暗恋李小姐，于是就想着顺手撮合一下。

李小姐却说他们一直是好哥们，还说他不喜欢她。

我笑了笑转告他，让他勇敢表白。

一直等到国庆，都没收到他们的回复。

昨晚登录微博，忽然收到二十几张照片，原来是李小姐发来的她暴走三环那一路拍下的照片。

我好奇地问：那他跟你表白了吗？

隔了许久，李小姐回复了一篇长信。

这里将原文发出来与大家分享。

~ 2 ~

我：他陪你暴走，你就从了他吧。

李小姐：从了他？

他是我高中哥们的大学同学。

那会儿我经常在学校操场跑步，每天跑十圈，坚持了两个月。这次决定暴走三环的时候也不知道自己能不能坚持下来。

他担心我，所以我一直很坚定地让他与我一起，他却迟迟犹豫。

我：能陪你走完的人值得珍惜。良心建议。

李小姐：可是问题来了，他并不喜欢我呀。

明天他打电话和我商量具体安排。哈哈，等我俩走完，告诉你呀。

晚安。

（一周后，李小姐发来了暴走三环的照片。）

我：他跟你表白了吗？

李小姐：怎么说呢，东三环，北三环，真心棒，西三环荒凉了不少，那天傍晚下雨，我怕他鞋子湿了影响心情，就一直在逗他，给他讲好玩的事，聊得很开心。我们从国贸开始，买了一个红薯就上了路，打算路上再找地方吃饭，十点左右雨停了，两个人一直走到原本淋湿的鞋子都干了。

凌晨的时候路过天桥，在天桥下面小摊买了炒米饭，去天桥上看着车来车往，喝着雪花啤酒，能陪你喝雪花的人有很多，但肯陪你勇闯天涯的没有几个。

后半夜刮起了大风，过了好几个桥洞，说实话，没有他，我肯定会害怕，有车的时候他会把我护在里面，嗯，两个人像是战友一样，说不出的感情。后来在西三环和北三环交接的地方，聊起了彼此的感情，可能是喝了酒的缘故，觉得他比之前健谈了，哈哈哈，我还好，毕竟酒量在那。还是有很多遗憾的，两个失恋的人，应该都不知道以什么样的姿态告别一个舍不得但是还不得不离开的人吧，他前女友像极了之前和前任在一起的我，听他说起她，就忍不住笑以前的我确实不够温柔不够可爱不够包容不够理解也不够尊重。

当然，面对这样一个故人的缩影，也释然了很多，反倒是我忍不住想劝他和好，我自己无法回头去改造自己的前任，但在能力范围内，还是想多成全一对原本可以是璧人的怨偶。说着说着，我们俩就笑了，笑他和她，也笑自己，青春往事就像卡在喉咙里的刺，不能强行拔出，只能咽下去，要释然，要接受失去。

我那天在运动鞋里垫了增高鞋垫，他一米八往上的个子，这样的高度，让我微微侧目，就能看到他摆动的手，走着走着，突然和他说了句："我能不能牵牵你的手？"

对啊，和前任在一起四百多个日出日落里，我竟然从来没有享受过和他牵手漫步的感觉，我说出那句话的时候，觉得就像是从来没吃过糖的留守儿童对一颗大白兔的渴望。

拼命爱过，也歇斯底里地争吵过，最后真的离开了，才发现忘记了在最简单最平淡的时光享受爱他的感觉，说没有遗憾是假的。

可能月光还是微冷的，黎明前的夜是最黑暗的，人的情绪也会变得不好，西三环，才是真的暴走吧。

他开始累了，跟在我后面，我一言不发，一步接一步地往前走，所以啊，女人这种每个月都来大姨妈的物种真的不能被小看，特别是失恋的女人。

这一路，我想了特别多，好的坏的，开心的痛苦的，更多是委屈的，委屈到不能哭，我不知道这种感觉要怎样才能释怀。前任给我的爱就像是华丽包装下的礼盒，大家都很羡慕我，而只有我自己知道那里面有什么，所有人包括他自己都觉得我太幸福了，他太爱我了，他给了我太多。

“你给我的天堂，其实是一片荒凉。”

再回头看他的时候，他已经落下了好多，我停下来等赶上来的他，他靠在我的背上小憩了一会儿，那么个大男生像抱个玩具熊一样从后面抱着我，蹭着我的头，满是困意。

我觉得很多年以后我们一定还会是很好的朋友，可以谈天论地，再说起青春年少时这样的经历，和已经逝去的感情。

真的觉得放下前任吧，这是他抱得那么紧的那股力气给我的感觉。

分分合合将近半年的时光，熬没了我们两个人所有的热情和他对我的爱，前任不知道有多久没用此时我身后这个男生一样微妙的力度抱过我了，我已经好久没有体会到这样满满的依赖和爱的味道了，或者，他从来没有爱过我，哪怕当初是那样热烈地来到我身边，我吸引了他，却没能留住他的人，我需要的是一个能让我认可自己感情的对象，而不是此刻这样一个我越爱他他便越削减着对我的爱的错误的感情。

该结束了，爱的方式总是有很多种的，我想看见他的笑，哪怕不是为了我，至少彼此分开，不再争吵，他的不开心不再因为我，同样，我也该回归自己的生活，如果有什么比被爱着更好，那就是爱着。

嗯，后来天亮了，北京的早晨真美，早点摊的煎饼果子也真好吃。

~ 3 ~

“北京的早晨真美，早点摊的煎饼果子也真好吃。”

这一切就已经足够。

是啊，姑娘，很多时候当你明白了拯救自己的并非王子，而是你自己时，也许你就已经长大了。

就像李小姐自己说的那样：能陪你喝雪花的人有很多，但肯陪你勇闯天涯的人没有几个。

她在生命里遇到了这样一个从头到尾愿意陪她一起疯、一起勇闯天涯的人。

他们也曾相濡以沫，可最后却彼此相忘于江湖。

祝福你们，相濡以沫不曾放弃一起勇闯天涯的人们。

我是邮差你是信

有生之年，狭路相逢，终不能幸免。

~ 1 ~

大一军训，午后团队休息，教官拉着我上去表演节目，当年我还处在小鲜肉时代，就唱了一首林志颖的《十七岁的雨季》，唱完后我点名接力表演。

放眼扫了下坐在草坪上的女生们，一个绑着马尾的姑娘特别抢眼，我毫不犹豫地点了她。

她叫方方，唱了一首王菲的《容易受伤的女人》，还是粤语版，这让刚到北方忍受干燥空气的我像是饥不择食的单身狗突然看到巧克力味道的粑粑一样兴奋。

唱完时她特地朝着我笑了笑，我仿佛看到了百慕大三角的晴天，仿佛看到了上帝之城开启了大门，仿佛看到了盘旋在北美上空的台风眼，这种感觉就像被电到一样，击鼓月明之后我们习惯把它叫作一见钟情。

~ 2 ~

当然，当年的我对如何吸引到女孩儿是一无所知，只能默默等待机会。

所幸上帝也非常配合，军训结束时的总结大会，我迟到了，没找到位置，此时忽然看到有人跟我招手，我看过去是熟悉的马尾姑娘。

我非常开心地坐在了方方旁边，心想难道她看我没来特地给我占的位置，她是不是也暗恋着我……于是两人沉默了十几分钟后我鼓起勇气对她说："你晒黑了。"

"你！晒成这样我已经很郁闷了，你还说。"

作为补偿，我把我高考毕业前拍的大头贴给了她。

方方笑着说："我会放钱包里，辟邪用。"

这是我最开心的一次报告总结会，旁边有她的存在，全程交流我都语无伦次，而她显得很自然，甚至主动逗笑我很多次。

虽然交流的时间很短，但是至少拿到了她的联系方式。

在那个没有微信的年代，你和姑娘内心的间隔往往只是一个十一位的手机号码，虽然当年我还没成长为情话高手，但也是一把短信好手。

我开始跟方方吐槽北方的生活，比如馒头比手掌大而且是硬的，还不甜；豆腐乳竟然是咸的，无法直视；在食堂买汤，师傅打了一碗玉米糊说这就是汤，对于喝煲汤长大的南方人来说简直不能忍……

狠狠吐槽完后，方方深表同情，然后热情地告诉我其实她是山东人不是广东人，我立马送上皮鞭赔罪。

她叫方方，也是一个很大方的姑娘，不但没怪罪我，还开始教我如何适应北方的生活，并约好了军训结束后带我尝试烟台的美食。

军训终于结束，两个人的世界在向我招手，午后方方电话约我去市区。

见面时她掏出一张纸递给我，上面写好了通往各路景点的公交车路线。

她说："下午我先带你去市区逛逛，明天我得回家过国庆，这张手工地图留给你国庆用。"

一路的公交，方方就站在我旁边，我看着她绑着马尾的侧脸，想起我永远只能暗恋的中学时代，如今到了大学，我决定趁热打铁勇敢踏出这一步。

下车的瞬间给了我这次机会，我提前跳下车，礼貌地伸出手协助她下来，方方也非常配合地把手递给我，一阵暖意，还软软的，就像是接过奥运圣火一样神圣，这算是我平生第一次鼓起勇气牵起一个喜欢的姑娘的手。

吃完饭，方方主动要求平摊餐费。逛商场时已临近晚上，她担心店会关门，主动拉着我的手跑，至此我不再害羞，全程牵着她的手不放。

走出商场方方终于忍不住开口说："你的手心里全是汗，要不要擦一擦？”

回学校的公交车上，赶上高峰期，为了防止被挤怀孕，方方主动躲在我怀里紧紧抱着我，我整个人僵了一路，一动都不敢动。

回到学校，由于男女宿舍楼分别在北南两区，中间隔着条公路，我们两人不停回头，还发着短信让对方离开，上演了一场活生生的十送红军歌舞剧。

可惜好日子很快结束了，国庆放假方方得回家，残忍地把我一个人留在了学校。当年打长途特别贵，我天天坐在舍友的小马扎上用宿舍的座机给她打电话，围绕着喜欢她这个基本点，以及让她成为我女朋友的原则彻夜煲电话粥。

方方说我还没正式追她，不能那么快答应。

她说买了很多王菲的专辑。

原来她喜欢王菲，恰好我会唱王菲的歌，立马在电话里展现我的才华。

唱完后我问：“如何？”

她说：“听实话还是？”

我说：“还是听假话吧。”

她说：“我还是说实话吧，阿强你不唱歌我们还能当朋友。”

关于追女孩子，当年的我确实没什么经验，唯一的方法就是天天打电话，一开始大家还聊得很愉快，后来慢慢就淡了。

我发现她比我还忙，一会儿同学约，一会儿接各种朋友的电话，我不知道是时间久了就淡了，还是我们之间仅有的一点温存失去了新鲜感。

节后回学校，方方并没有第一时间过来找我，而是跑到烟大烫头发。

我很纳闷，我们鲁东大学（简称鲁大）男女比例是每个男生能抱两个女的再加一条腿，烟台大学（简称烟大）就算光着屁股也追不上，怎么她就觉得烟大的好呢?

结果我一直等到晚上才在女生宿舍楼下见到她，眼前的方方剪掉了马尾辫，一头金黄色波浪，仿佛在告诉我，一切皆成往事。

刚要出神枪的我怎么能那么早就放弃，于是我听从高中死党院长的建议，先攻她的闺蜜，再回马枪收拾方方。

安排好战略转移后，我开始给她的闺蜜送好吃的，原本以为闺蜜能助我一臂之力，结果她竟然好言劝我放弃。这算什么，吃人嘴短?

恰好 2006 年是学校更名庆典，校方准备在操场放烟火庆祝，这样浪漫的机会我不能错过。

于是晚自习还没结束我就叫着方方提前跑出来，谁知道庆典竟然提前了十分钟，我们刚出教学楼烟花就冒了出来，搞得我一路拉着方方往操场跑去。

这是我半个多月后再一次牵起她的手，一开始她还不太乐意，但是当我回头看着她时她反而握得更紧，此时我内心清楚，她还是喜欢我的。

到了操场才发现，这儿早已是人山人海，为了让方方看得更清楚，我高高地抱起了她。

烟花虽然短暂但确实浪漫，也都怪烟花太浪漫，送方方回去的路上我情不自禁地吻了她，她先是愣了下，使劲挣扎，随后便入戏地配合着演出，不过这是一场短暂的折子戏，不到一分钟后她还是推开我说：“下次再这样我就不理你了。”

我笑了笑说：“不会，下次换你主动。”

“臭流氓……”说完方方跑回宿舍，到门口时还回头看了我一眼，跟我招手。

我就像是站在红旗下领到三好学生奖状的少年一样，开心得要命。

院长建议我，无论姑娘同不同意，先在名义上让所有人都认为她是我女朋友，这样她就没有反悔的机会了。

于是我借用公开课一起上课的机会，提前给她占好前排位置，有时候她肚子疼，我硬着头皮跑出去给她买药和卫生巾。

老师拦住我问：“你出去干吗？”

我说：“肚子不舒服。”

她又问：“你也来例假啊？”

我赶紧说：“没，不太适应北方的餐饮拉肚子。”

老师摆摆手说：“那快去快回，这家伙神奇了，拉肚子也跟例假一样有规律。”

此外，我还天天在她宿舍楼下等着给她送早餐，如果她早上没课起得晚，我就喊她闺蜜带上去。

久而久之，她闺蜜又来劝我放弃。

我问："她对我越来越好，为什么要放弃？"

她迟疑了下说得方方亲自跟我说。到底方方藏着什么秘密呢？该不会像韩剧一样得了绝症？不过我当时也做好了心理准备，即便是绝症我依然陪着她度过最后的日子。

按照院长"最后一击"的最高指示，在迎接晚会上，我在相声表演结束后多唱了一首《邮差》。

直到细雪飞下来荡进远处深海，
甚至两脚走不动先想到离开；
直到你说不回来直到我说活该，
拿下了你这感情包袱或者反而相信爱。

唱得应该是十分销魂，否则底下不会笑得那么厉害，但是我的求爱气息特别明确，同学们明白我是把歌献给心爱的姑娘，鼓掌高喊着方方的名字，不少同学还推着她上台。

当然，这一个伟大的历史性时刻让学校领导给制止了，我也被请下舞台。

晚会结束后方方破天荒过来男生宿舍楼下找我。

她一脸尴尬地让我下次别这样。

我说："全系都知道你是我女朋友了，你象征性挣扎下就顺从了吧，名正言顺成为强哥的女朋友你不亏的。"

万万没想到她还是拒绝了，并给了我一个大学不想谈恋爱要考研的理由。

~ 3 ~

而后的日子虽然没有像之前那么甜蜜，但是方方还是经常过来跟我吃饭散步，有一次买东西结账，我偶然瞥见她钱包里的照片并不是我的大头贴，而是一个长得差我很多个段位的男人。

在我的质问下，她终于承认这是她的男朋友，在烟台大学读书。

我一下子明白为什么她国庆回家那么忙，要接那么多电话；为什么回来第一时间跑烟大烫发；为什么对我若即若离；为什么她闺蜜一开始就让我放弃……

原来她早就有男朋友了，而我呢？简直就是脚下的另外一条船，而且连船都谈不上，顶多是一个备用的气垫艇，且不说我的感情被欺骗，全院系的人都看了我的笑话。

想到这里我内心仅剩的尊严仿佛被一下子践踏完毕，跟她大吵了一架。

回到宿舍后，我一个人躲在阳台上吹风，烟台的海风就像是锋利的刀一样，把我割得生疼，但是这都比不上我内心的疼痛，不知不觉我的眼泪竟然被风吹下来，往事随风散，可是散得了吗？

我拳头狠狠地打向墙壁，是的，最后我告诉自己不能放弃，怕什么，还有横刀夺爱。

我也很快想好了具体步骤，改变策略变成一个好好读书学英语的好学生，她知道我英语不好，我们和好后她也同意帮我补习。

只要每次单词默写我能及格，她就请我吃饭，如果达到七十分她就唱王菲的歌给我听。

于是经过一个学期的奋战，我始终没有一次及格，但不甘心的我厚着脸皮说四十六分里的六跟及格的六十沾边，请客就不用了，一起喝奶茶。

到了三十七分，不用唱王菲的歌给我听，我唱给她听就行，鉴于我的歌声跟车祸现场一样，每次都是我刚开头她就接过去唱完。

那时候我才知道王菲有那么多好听的歌曲，《笑忘书》《又见炊烟》《暧昧》《红豆》……

那个年代是MP3流行的年代，我们一人戴着一个耳机在操场里听着歌，一听就是一整个晚上。

林夕在《流年》里的歌词写道："有生之年，狭路相逢，终不能幸免，手心忽然长出纠缠的曲线。"那时候的月色很调皮，我总是情不自禁地搂着她，一开始她还瞪了我几眼，后来就渐渐成自然，我仿佛又重新看到了希望。

又相处一个多月后，我们的关系又回到最初。

那天复习完英语，天下起了雨，我们都没带伞，我脱掉外套罩着她，一只手搂着她的腰送她回宿舍，一路上她紧紧抱着我，就像是最初的公交车上，她紧紧贴在我怀里。

人生有很多条路很漫长，比如人生本身，再比如和方方一起踏过的雨路，雨水打在她洁白的脸上，就像是出水的芙蓉一样惹人怜，有时候我在想这条路要是一直走下去该多好，我就这样静静陪着她就行。

想着想着就到了宿舍楼门口，我生怕她回去之后我又要失去她，于是拦住她说：“方方我真的很爱很爱你，无时无刻不想念着你，你离开哪怕一秒我都觉得很漫长，王菲的《邮差》里说‘你是千堆雪我是长街，怕日出一到彼此瓦解’，答应我，当我女朋友好不好？”

听到这方方突然紧紧抱住我，可是这个拥抱很短暂，她没有说什么，突然放手哭着回去了。

看着她离开的背影我忽然明白了《邮差》的意义，“你是一封信我是邮差，最后一双脚惹尽尘埃”。

回到宿舍后收到方方给我发的短信，她说跟男朋友有海誓山盟，但是更喜欢我，不知道该怎么办。

我说没关系，我可以等。

院长知道了这事后骂我犯贱，我说为爱我愿意彻底贱一次。

后来我跟方方走得越来越近，除了她经常要去奔赴男朋友的召唤外，她所有的时间都在扮演我的女朋友。

有一次她从烟大回来，说好的在鲁大东门的公交站等她，结果迟迟联系不上她，我还以为她在烟大过夜，内心纠结不已，准备打车杀过去。

后来她闺蜜联系我说，她手机在烟大弄丢了，现在人已平安在宿舍，得知她并没有在外面过夜我喜出望外，开始四处借钱准备给她买一个新手机当生日礼物。

当时大学舍友都不是很富裕，我没敢问他们借，便把魔爪伸向了高中死党，一人出两百，院长人傻钱多出了五百，末了他还骂我是傻瓜，如果没追上得还他一千。

方方生日当天，我买好了手机奔往女生宿舍楼找她，结果远远看到她男朋友左手拿着一个蛋糕，右手拿着一个手机出现在她面前，方方喜极而泣扑入他的怀里。

看到这一幕，我突然想起前阵子方方也是以同样的姿势扑入我怀里哭泣的，并说更喜欢我舍不得我，我不知道她是否也跟男朋友说了同样的话，突然觉得一切很讽刺，突然觉得自己真的如院长说的一样，是一个钛合金傻瓜。

我转身把手机丢进垃圾桶，跑到足球场跟外院的男生踢了一场球，由于动作太大惹怒了他们，被打了一顿。

接着我逃课回宿舍躺在床上，MP3 里循环着王菲的歌曲，窗子刮来的依旧是烟台凛冽的海风，吹拂着我不堪回首的往事，往事如烟人如暮，夜深灯千户……

梦醒时我删掉了方方的联系方式，从此跟这段往事告别。

她有几次联系我，我都以各种理由拒绝，凡是有她参与的公开课我都选择了逃课。

她一开始还发来短信问我为什么不去上课，我说这样才能把你忘得更干净。

再后来，她也接受了我放弃的事实，一直到大二结束时我们都没有联系。

~ 4 ~

直到一次暑假，我打开 QQ 忽然收到她的留言，她说她想我。

我不知道怎么回答，点击了隐身。

再后来我在三餐做活动，她特地跑过来看我，问我一个人还好吗，怎么变黑了。

我承认自己故意表现得很冷漠，因为我真的不愿意成为连第三者都不如的气垫船，她也识趣地离开，可看着她离开的背影我又很伤心，很想喊住她却又再也下不了决心。

毕业后我来北京实习工作，而她考入传媒大学，听说也跟那海誓山盟的男朋友分手了。

不过关系淡了后很难再联系了，而且我在海淀大钟寺附近上班，两人一东一西，基本不太可能见到面。

有一天她突然发短信跟我说钱包被偷了，而我也不知道为什么突然热血上头，立马下床穿好衣服连夜去找她。

那晚广院的风冰凉，月光透过树梢映在她脸上，像是古镇上的皮影戏一样美丽。

我们聊了很多，她说跟男朋友分手后才知道什么海誓山盟都是骗人的，如果再给她一次机会，当初她就应该割断前男友选择跟我在一起。

我笑了笑没有说什么，因为时光不会倒流，错过的雨你再也淋不到。

她说来北京就想联系我，但是要到我新的联系方式后又不敢打给我，生怕我再次冷漠。

我说："不是我冷漠，而是突然一夜长大，变得更懂得保护自己。"

她反问："人长大了是不是都变得宁愿伤害别人也不愿伤害自己呢？"

我开玩笑说："对啊，你之前不是这样吗？"

场面瞬间有点儿尴尬，我赶紧转移话题问她是否还喜欢王菲。

她点头，又给我唱了一遍王菲的《红豆》，依然是林夕的词："可能在我左右，你才追求孤独的自由。"

我看着她，她看着我，我们都看着岁月剥落树皮的年轮回忆。

我说："天很晚了，你早点儿休息，我先回去。"

她说："好。"便目送我上车。

我不知道为什么会匆匆离开，可能是怕自己陷入她的歌声再次迷恋上她，毕竟她是我青春爱情的第一堂失败课，我非常害怕再成为一个没尊严的男人。

也许，时间就像是流水一样冲淡了两个人的感情，她想通了回来了，而我还没来得及找回当初喜欢她的感觉。

也恰恰是这一段时间的我们暂时不在一个频道，我们并没有太多进展，再后来她听说我生病了就过来看我。

当时我住在西二旗，离得更远，她知道我还没吃饭，就脱下外衣穿上我的开衫帮我做饭。

看着她穿着我的衣服，熟练地做着饭，突然有一种她就是我妻子的错觉。

饭后我们一起坐在沙发上看电脑，我搂着她，她也把头枕在我肩膀上。

情到浓时，我再一次吻了她，我知道这次我再也不会放弃她了。

她却突然推开了我。

我说："对不起，是我太冲动，不过这些日子我想过了，我依然喜欢你，这次你当我真正的女朋友吧。"

方方迟疑了下，我不知道她在犹豫什么，正想过去再亲她，她堵住我的嘴说："这次我不想骗你，这样对你不公平。"

我说："你不喜欢我了？"

她摇头说："不是，不过我有男朋友了。"

我没再说什么，简单收拾了下房间，她洗好碗换好衣服，我送她去地铁，这一刻她没有回头，而这一回去真的再也没有回头……

后来王菲时隔多年复出，在春晚唱《传奇》，又给《匆匆那年》唱主题曲，唱得比电影好，王菲成了电影主题曲专业户，再后来王菲开演唱会一票难求……

每当有王菲的信息我都会想起方方，想联系她却终究没有下定决心，而她也没再联系我，我不知道其中的原因，也不知道她现在如何。

当然，见证过廉价爱情的我仿佛真的长大了，而这长大并不是伤害别人保护自己，很多时候我都会想起方方，所以写下这个故事缅怀我们的曾经，同时我也希望她过得比我好，只是不要让我知道。

也许我们都是那么想的，所以彼此都没有联系对方。

也许，我们的故事就像是林夕写给王菲的歌词一样，她是信我是邮差，在爱情的道路上我一路保护着她，疼爱着她，然而她并不属于我，到了终点我还是要把她交给我并不认识的陌生人，而那个陌生人才是她的归属。

也许，我们的人生总有一段邮差往事。

致我那兵荒马乱的少年时代

有你相伴便不后悔。

~ 1 ~

我回来，正如我从未离开。

可是，即便我回来，有些事一旦错过了便是一生。正如初恋。

多年前的榕树下，曼柯曾无数次问过我："为什么你不留下来，为什么？"

我总是无言以对。

从未开始的故事又该如何赠她一个春暖花开的结局？

这些，不属于我，更不能给予她。

曼柯没再问下去，依然把那浅蓝色的目光投向我，然后哭着说她会陪我一直走下去，而我在捕捉到她脆弱目光的刹那竟是如此不知所措。

以后，我渐渐明白了一种感觉，它叫——若有所失。

那年。高考成绩下来，我英语只有五十八分。

我听到这个成绩眼泪直接掉了下来。我清楚我不是一个学英语的料，偏科异常厉害，然而我找不到一个安慰自己的理由，即便不情愿，我依然要面对父亲。我清楚记得父亲的女人看到成绩单后直接扔给父亲，然后丢给我一句："狗娘养的，滚。"便生气地离开。我真想说"你他妈的现在是我后妈你懂不懂，你是狗娘你懂不懂"，可是我什么都没说，只能保持沉默。

父亲飞快地看完成绩，在以前肯定是二话不说给我一巴掌，但是今天他没有。他只是默默地说："原本你已经长大了，原本你快成大学生了。"

虽然今天父亲破例没打我，也没骂我，可是我总觉得这比打我骂我更让我难受。原本？长大？大学生？我知道这是莫大的讽刺，而我依然跟傻瓜一样傻傻地去追求这样的身份，我真想说，考不上就考不上呗，大不了不读了出来工作。可是我哪来的勇气？我要工作，要读书，更要高考。

良久，我说，如果没有大学要我，我就复读吧。

说得有点儿释然，似乎又有点儿轻松，可是天知道再来一次高考又将是如何的命运？平日里没日没夜做那么多试卷，我都快疯了，我会有勇气再面对一次高考？我真该死。

父亲没有反对。几天后，我到学校填志愿，其实填不填都不那么重要了，但是我依然梦想着哪个大学抽风了，降低分数录取我。此时曼柯拿着志愿表过来问我报哪个学校，又为什么不接她的电话。

看着她甜美的笑容我便知道她考得很好，而她今天穿的衣服便是我第一次见她时她穿的那件。彼时，初三上学期，班主任说班里新调来一个转校生，要“征用”我旁边的空桌位。我当时非常生气，班上那么多学生单独坐，凭什么就选我，而且我还在那个空桌位上放了那么多书本试卷。后来我还是屈服了，于是我就把所有怨气都转嫁到即将到来的转校生身上。

一开始我以为转校生是男的，因为全班没有男女混坐，于是便在她调来那天早上故意把椅子的钉子撬出一小截，很难看出来，但是只要坐上去便可能钩破裤子。

其实一切是可以避免的，可是偏偏那个早上我没听完课便趴在课桌上睡着了，等醒来时才发现一个女生坐在我身旁，她认真听课的样子非常恬静，做笔记时头会微微斜着，一头黑发像是一壁月光倾下来。我忽然被她的样子迷住了，一堂课都在偷偷瞄着她安静的样子，等想起那个“恶作剧”的时候已经是下课铃声响起的时候，我猛地叫一声想提醒她，可是不叫不会出事，一叫她便吓得直接跳了起来。

只听见“嗤”的一声布料撕裂的声音，我知道完蛋了。最倒霉的是她今天穿的不是牛仔裤，而是薄薄的裙子。那么糗的事，她会恨我一辈子的。就在此时，我脱下仅有的格子衬衫递给她，让她绑着当“裙子”去宿舍换裤子，我知道这是亡羊补牢，我不求她原谅。她却用一双含情脉脉的眼睛看着我，并道了一声谢谢……

后来我们便成了无话不说的好朋友，而时至今日，我依然不敢把这个“恶作剧”的真相告诉她，生怕她恨我。

~ 2 ~

虽然隔着几桌的距离，但我清楚地看到曼柯在志愿表上填了厦大，填完后便让身边的同学代交上去，我想她终于实现了她的梦。而现在看到她的微笑，我也笑着说：“我考得很烂，连本科也够不上，”恭喜你啊。说完后便随手把志愿表撕掉。

她惊讶地问：“那以后你打算怎么办？”

我打趣说：“凉拌加计生办。”

她便如往常一样揍我一拳说：“说真的，不开玩笑。”

我说：“复读。”

她随即笑着说：“怎么那么巧。”

我愣了下，怎么可能？她刚明明写了厦大。于是便问：“你不是考得很好吗？怎么……”

她打断我说：“我是非北大不上，打算再考一年圆我的北大梦。”

难道我刚看错了？可是我还没问清楚这一切，她就匆忙走开了。后来，我才知道她是跑去找班主任拿回志愿表，当时班主任臭骂了她一顿，可是曼柯依然坚决要改。

放弃重点大学，选择跟我一起留在这个未知的复读学校里赌一个没有明天的明天，或许她也是一个傻子。

如我所知，这放任自由又害怕受伤害的青春里，我无法告白的最初相识，不言而喻却不胫而走。关于她，关于我，熟稔而终究说了再见。

复读的日子里，曼柯成了我的同桌。我们在桌上用教科书摆了一排长长的长城，平时在长城上没日没夜地做着作业，累的时候便趴在长城下打盹会儿。每次醒来时总能看着她安静的样子，这是我复读日子里不可多得的幸福。除了这一切，即便我们在一起，我依然要面对密密麻麻的单词和试卷，我真想说我做够了，我不是一个学英语的料，不学英语会死吗？可是就算我每天背单词背得在厕所里吐也不能放弃，不是我能坚持，而是我无能为力。

开学以后我便不愿回家，情愿在学校挨饿，省吃俭用多挨几周，可是我终归是要回去面对父亲和那女人的，其实我尽量避免碰见他们，哪怕是在吃饭的点儿我都会等到他们吃完再回，偏偏我得向父亲要生活费，可是当我敲他门时他马上破口大骂："饭桶，就知道过来要钱。"

我真想骂回去，但是我忍住了，心平气和地说："我待会就走了。"言下之意是尽快给吧。可是父亲今天忽然不吃这套，依然骂道："你怎么那么笨，别人都已经在读大学了，怎么你还在高中，你到底会不会读书……"

"你牛你来读啊。"我实在忍不住大声打断他的话。随后便听见那女人在父亲旁边唠叨着我"不孝"，而父亲立马把手机砸过来，骂着："你还敢顶嘴。"

我避开了砸来的手机，依然大声喊着："怎么不敢，你都敢不管我妈死活我还不敢顶嘴？"

以前父亲每次给我钱的时候，都会带着一种要杀我的眼神，而我也总是卑躬屈膝地拿着他的“施舍”。我跟父亲平时说的话手指都可以数得过来，一说话便是吵架，这些我都习惯了，即使他给我一巴掌我也不会掉眼泪，可是接下来他骂我的话让我心碎，真的，以前我总会跟他顶嘴，可是这次我听到这话直接哭着跑开了。他骂的是“狗娘养的，滚”。

回到学校后，同校的邻居给我送来生活费，他说是我父亲让他转给我的，我接下了却百感交集，无论如何他都是我的父亲，不会丢下我。

我回到教室做题，可连续几道函数解不出来后，望着眼前黑压压的人头和书籍我便又开始质疑，我做这些题到底有什么用？我真他妈的想把这些所谓的试卷全部撕烂，然后把课桌上的书全部烧掉，把课桌椅全部打烂……我觉得这世界超级恶心，随后喉咙开始不适，便跑到教室外呕吐，吐得眼泪、鼻涕一起出来，痛苦无比。此时，曼柯也走出来抚着我的后背问：“没事吧？”

等我舒服些后，她便拉着我逃课去操场。操场角落处有一棵茂盛的榕树，我们一起坐在榕树下着看夕阳，随着铃声下落，不时吹来的稻风拂起她飘逸的秀发。彼时，我觉得她美极了。

良久，我问曼柯：“你后悔了吗？”

其实我问的是她放弃厦大留下来陪我复读的事，但是我生怕真相揭开后她连暑假都没有陪我度过便直接去大学报到。

果然，曼柯不知道我这话的意思，她只是淡淡地一笑，然后说：“有你相伴我便永不后悔。”

说完后曼柯便把头枕在我肩头上，我们一起看夜色升起。

整个夜晚我们都是这样依偎着，其实我很想吻她，但是我什么都没做，我只想她永远留在我身边陪着我，两个人依偎在一起什么话都不说，什么事都不做，这已是一生最大的幸福。

~ 3 ~

和俊贤的相识是因为我给了他一拳。

那是在中间光秃秃边缘冒着些许杂草的球场，踢完球赛本来就很累，身材矮小的高中生不服输直接把球踢进旁边的臭水沟。靠，输球还这样狂，我过去直接给了他一拳，我承认我太冲动了，他来不及还手便被队友们拉开了，这个家伙便是后来我的好兄弟——俊贤。

回去后我才听说球是他的，他是隔壁班的理科复读生。真是非常冤的一拳。

后来，我们熟悉了，常常约着踢球、泡网吧、吹牛……俊贤也常常在踢完球后躲在厕所里抽烟。我总觉得他抽烟的时候是最装最卖弄的时候，因为他抽烟时眉毛紧锁，也不会吹牛，只是沉默着暗自叹息。

毕业后各奔东西，我回想起俊贤抽烟的样子，忽然明白青春就像一根点燃了的香烟，烧到了最后只能灰飞烟灭，留下无尽忧愁；而回忆却像吸进去的香烟，随着日积月累最终成瘘。

“你还记得吗？我们第一次认识，你给了我一拳，很爽。”他边抽烟边说。

我也笑着说：“是的，我确实打得很爽。”

他反驳说：“我说我很爽，我，我！”

我感到一阵莫名其妙，便骂他道：“你有病啊？”

他生气地吼着：“你才有病，你才有病。”

我无奈地说：“莫名其妙。”

许久，他弹开几近熄灭的烟头说：“总比我自己打自己好，起码这痛来得我不知所措，来得我无法抗拒……起码只是肌肤之痛。”

我愣了下，每一个经历过这些的孩子都学会了用残酷的眼光看待自己，甚至用自虐的手段转移内心的矛盾和无助。也包括我们。

其实，我们并不是自虐，而是无能为力。随后，我劝他说：“俊贤，别这样，好好对待自己，好好努力，付出总会有回报的，熬过去就好了。”

“真的是这样的吗？我们都被骗了，而且我们都情愿上当受骗。神经病！”说完他又点燃一根烟。

我不知道他在胡诌什么，笑着骂他鸟人后便去洗澡。其实我不是傻子，我能读懂，青春是一种病，我们都是有病的孩子。

我原本以为俊贤如我一般，也是成绩不如意选择复读并期待来年考得更好。

可是，事实不是这样的，俊贤的分数够了重点大学的录取线。

那天午后，我跟曼柯依然在操场里听风读诗。俊贤忽然冲过来给了我一巴掌。

他终于还了。我没有怨他，但是不知道原因。疑惑间，曼柯朝着他喊着：“你有完没完啊？”

曼柯吼他是情理之中的事，但是这句话太有歧义，到底是俊贤跟我有完没完，还是俊贤跟曼柯有完没完?

难道他们有属于他们的不能说的秘密，我所不知道的?

我还没来得及问明白，俊贤已经生气地跑开了，而曼柯用一双无助的眼睛看着我。

我说：“好了，都是我不好。”

晚自习结束后，我找到了俊贤，问他跟曼柯到底怎么回事。可他一听到曼柯的名字便低头抽烟，只字不语。看到他这个样子我便知道其中一定有事。

我怒吼着：“你到底说不说啊？”

俊贤依然只顾着抽烟。

“啪！”看到他这个样子，我直接一巴掌打过去。

狠狠的一巴掌，烟也被我打掉了，看着他一双血红的眼，我以为他这次一定会还手，我们难免干上一架。

可是，他没有还手，依然低头平静地从烟盒里拿出打火机。

“对不起，我太冲动了。”我拍了拍他的肩膀说。

他摇头说：“不，是我太贱了。”

太贱？我实在不懂他在说什么，难道他跟曼柯发什么过什么事？我怎么什么都没听说过。

“我不懂。”我说。

“你真不知道？”俊贤惊讶地问。

我点了点头。

“全校都知道了，竟然只有你不知道？”俊贤笑着说，只不过这个笑有点儿苦涩。

“什么事？”我问。

“你知道我高考的分数很高，我原本是要报厦大。”他说。

“你的分数我知道，是复读班里最高的，报厦大任何一个专业都没问题，难道又是一个非清华北大不上的……”

“因为曼柯，我放弃了。”俊贤说。

我愣了下，这是一桩多么复杂的事。我清楚记得曼柯曾经报过厦大，却因为我而放弃，而俊贤是因为曼柯而选择放弃，没有去厦大。如此戏剧性的故事，我不知道该笑着面对，还是哭着忘记。

我没回答什么，再一次拍了拍他的肩膀。俊贤也微微一笑。

这个可笑的青春、可笑的冲动、可笑的无悔、可笑的无奈和选择。

~ 4 ~

我承认，我是一个幸福的人，造小屋陋室一方，凭窗可听芭蕉细雨，提笔时候红袖添香，打马而过薄凉的时光，在白云苍狗幻化间用文字雕饰记忆里的刻骨铭心。也在这样一个特殊的时期里，我变得如此敏感，甚至是脆弱，但也恰恰是在这个单纯得只有残酷的时期里，方能拥有最纯洁的爱情和友谊，过去了一切都不再是旧时模样。

有次踢完球，俊贤约我出去喝酒。然后他在半醒半醉的时候，述说起那些难以言喻的故事，包括与曼柯的初识，那是她转校前的故事。他一厢情愿穷追不舍，她不闻不问选择离开，我总觉得他们的相遇像在春天里放过的一场风筝，季节一过终究要断线，但是风筝飞了，握线的他该如何填补这份空虚？

家人肯定不同意他复读，所以他只填了名牌大学的重点专业，其他的没再写，没被录取后家人被迫答应他复读。要是他们知道他是为了陪一个女子而放弃心爱的厦大的话非得气死，所幸他们还以为俊贤是怀着非清华北大不上的志向。但是这些痛苦和矛盾，俊贤自己是懂的，付出那么多换得一个未知的以后，对他来说，值得吗？更何况曼柯现在又跟我这般亲密，他喝到发晕的时候总想给我一巴掌，但是每次都挥起手后又狠不下心来，在半空中停留半天。

我说："你还是打过来吧，这样心里会舒服点儿。"他并没有动手，而是撕心裂肺地号叫起来，像是荒漠的狼嚎，充满了孤独和苍凉。

此时，我仿佛觉得他如我一般，都是受伤的孩子，在漆黑的房子里舔舐着伤口，然后习惯性地把流出的血当颜料，希望能在冰冷的地板上画满窗子，让那些习惯黑暗的眼睛习惯光芒……

又是一个晚自习结束，曼柯先回宿舍，而我依然留在教室里看书，如很多人一样，凌晨的教室，灯火依旧通明。

俊贤突然跑过来找我。他说过了十二点他将要离开。我不解，以为他又在耍小孩子脾气。随后他又说真的熬不下去，他很痛苦很矛盾。

是的，换作是我，我也会这样的。如果说考不上大学而选择复读是一种残酷，那么考得上大学而不得已复读那便是一所悲哀。

良久，我劝俊贤说："你底子很好，来年再考一所好大学。"

他突然掉下眼泪，说："我原本就可以上一所好大学，有必要明年吗？"

我愣了下，突然不知道要说什么好，便问："那你打算怎么办？"

他又说："离开。"

我疑惑地问：“离开？”

他说：“是的，离开，离得远远的，再也见不到她。”

我知道他所说的她便是曼柯，想到这我心生愧疚，这事最初因我而起。我对俊贤说：“是我害了你。”

俊贤笑了笑，拍了拍我的肩膀说：“错了，兄弟，没有谁害了我，这是我的宿命。”

“宿命？”我无奈地笑了笑，不是我试着去相信所谓的宿命，而是我不得不屈服于摆在眼前的宿命。

没聊多久俊贤便离开了，我猜不透今晚他这些莫名其妙的话语，误以为他是受不了高考的压力跑过来胡言乱语。

可是俊贤没再跟我们踢过球，问他们班的同学才知道他辍学了，听到这个消息时我忽然懵了，脑子里一片空白。我不知道他何来的勇气背叛一切，难道他不想上大学，他不顾那么多人的期望，疯了吗？可是时过境迁以后，再回想起俊贤的故事，忽然觉得他才是一个勇敢的人，在这样一个混乱的时代里，毅然放弃一切选择做一名勇士。

~ 5 ~

俊贤离开没多久就是暑期补课的尾声了。该上大学的学生也开始准备去报到，而我们也再次进入高三的复习阶段。曼柯如以往一样在我快要呕吐的时候拉着我逃课去操场散步。

沉默良久后，我说：“对了，有件事一直不敢告诉你，不知道现在说晚不晚”

“什么事？”

“就是我们第一次见面的时候。”我说。

“记得，我们是同桌。”她说。

“那你还记得当时你的裙子被椅子划破了吗？”我问。

“嗯。”

“其实真的非常抱歉……”

我还没说完她便打断说：“抱歉什么，其实我应该感谢你。”

此刻我不知何来的勇气说出了当年的事。“其实，那个划破你裙子的钉子是我的恶作剧，但我不是故意的。”

“我知道。”她说。

“知道？”我疑惑地问。

“是的。一开始便知道，但是我看到你宁愿自己光着身子也把衬衣脱下来给我，当时我反倒很感动。”

原来她什么都知道，我多年的心结在此解开，可我反倒没有任何释然，她的回答如此平淡，正如我们的初识一般，难道是因为我们终要离开所以无所眷念？

“谢谢你的陪伴。”我说。

“我会等你的。”她说。

等我？我不明白她的意思，在那些不属于我的以后？但我没再作答。

她说：“我想我要走了。”

我疑惑地问：“走？回教室？”

“不。”她像是要彻底离开我似的。

“离开这里？”我问。

她摇了摇头说："不，不是离开，而是回去。"

我听不懂她在说什么，于是问道："回去？"

她回答："是的，回去，快开学了，我得回厦大了，原谅我没法陪你走到最后，不过我会在厦大等你的。"

像是晴天霹雳一样，我仿佛进入了一个没有出路的迷宫，怎么绕也绕不出来。

我问："你不是没有报志愿吗？"

曼柯的表情比我更夸张，她惊讶地说："谁说的？瞎传。"

原来一切都不过是我的臆想而已，我甚至怀疑她从未真正喜欢过我，我想质问她为什么，如果不能陪我走到最后，那么就不要开始，我不需要怜悯，甚至替俊贤感到遗憾，如果他当时没放弃志愿，现在应该是跟曼柯在大学里。

可是当再一次看到曼柯的笑容后，我什么话也没说，我知道我太容易心软了，我不忍心责怪她，甚至微笑地送她离开。也就这样，送她离开在天涯海角外，且落鸿一声，音信全无。

你的少年少女时代是如何的模样？

是否有过美好的回忆，或者留下太多回不去的记忆？

以后许久的日子里，每当我回想起我的少年时代，总觉得我们都是世俗的棋子，我，曼柯，还有俊贤，还有一起长大的同学以及遥不可及的以后，一开始我们都想象所有人都有个美好的未来，可是到头来才知道未来的未来是一个未知数。

但有时候回想起来，仿佛这是时光给我们的馈赠，就像是曼柯曾对我说的，有你相伴便不后悔。

是的，彼时我是一个轻狂的少年，在这个矛盾的时期，这样一句相濡以沫的话，足以让我感动一辈子，在以后的许许多多日子里，当我们阅过太多慷慨得十分廉价的爱情和友谊后，方能明白年少时这最初的感动是如此可贵。

致我的少年时代，谢谢有你们的相伴。

致我们的少年时代，兵荒马乱。

怪女友

这是一个舍命救人的交易，你怎么选？

~ 1 ~

大学暑假，我去一家旅馆打工。有一次轮到我值夜班，边喝着生日那天剩下的红酒边巡视房间，走到一半忽然看到 1314 房间的门虚掩着。

我正要关上门，忽然听到有人说话："你好，能帮下忙吗？"

我打开门，但是里面并没有人。我战战兢兢地问："你好，你在哪？"

声音从柜子里传来。"你好，我躲在柜子里。地上好像有一条蛇，你能帮我把它丢出去吗？"

我走过去一看，地上哪有蛇，是一支形状比较奇怪的黑炭似的箭。我笑了笑说："不是蛇，别怕。"

谁知道里面的声音更慌了。"我看到它就想到蛇，能帮我丢到窗外吗？"

我也没细想，捡起地上那奇怪的黑炭箭就丢了出去。

不一会儿一位妙龄女子从柜子里走了出来，笑着道谢。

也许是那夜的月光太迷人，而我又刚好喝醉，我们一人一口红酒边喝边聊了起来。

女人名叫小霜，突然辞掉高管职务来到一个小城镇。

新工作是报道一个"活人密室凭空蒸发"事件，失踪者是墨天，曾是她最疯狂的追求者，而且她差点儿答应他的求婚，虽然最后不了了之，但是当得知他失踪了，她还是第一时间回来找他。

抵达墨家已经是午后了，接待小霜的除了墨天的父母外还有墨天的爷爷。

起初聊得还算顺利，只是没想到墨天的爷爷突然站起来泪眼蒙眬地拉起小霜的手，嘴里呢喃着："敏儿。"

这吓傻了在场所有人，墨爷爷情绪稳定后才解释，小霜不管是长相还是一言一行都跟他的初恋很像。

不一会儿，负责该案件的警察也过来了。

警察是一个中年男子，名叫唐华，他一进门竟然抓住小霜的双肩，眼神里浸透着一股要把眼前人亲一百遍的气息。

小霜无奈之下一记狠脚踩在唐华脚上，疼得他哇哇叫。

良久，他叹了口气说："你长得真的跟我的初恋很像……"

在场所有人都愣住了，怎么连续两个男人都说小霜长得和他们的初恋很像？

谁也没敢开口，直到唐华恢复了理智开始调查询问……

墨天是在自己的房间里失踪的，门窗都是从内反锁，也就是密室失踪。

人怎么能在一个密室凭空蒸发呢？

当唐华看到窗户手柄上系着的一条断掉的钓鱼线时，一眼就看出了破绽：根本没有密室。

唐华观察着整个房间，感慨现在还有男人能把房间收拾得那么整洁。

一个爱干净又年轻力壮的青年人怎么可能那么简单蒸发？唐华逛了几圈都找不到答案。

他回头看了一眼旁边静静发呆的小霜，有种她就是自己女朋友的错觉。

唐华无奈地笑了笑，低下了头，此时他忽然看到地板上摆放凌乱的鞋。

一个如此爱整洁的人鞋子怎么会随意摆放，而且旁边隐隐约约有两道剐痕。

找到答案了！

墨天并不是蒸发，而是被绑架。

唐华一针见血地指出，其实是有人把墨天从锁好房间的窗口运出，然后把渔线绑在窗子手柄上拉到窗外反锁住窗子，最后割断鱼线营造密室假象。

唐华继续有条不紊地解释，一个如此爱整洁的人的鞋子怎么可能随意摆放，而且地板上有两道剐痕。显然墨天是被人迷晕然后搀扶着拖走的，这个过程中不小心打乱了鞋子的摆放，而墨天的鞋子上面有很多钉子，拖行过程中剐到地板。

那绑架者又是谁呢?

唐华说绑架者并不是外人，就在在场的人之中。

大家面面相觑，唐华的手却指向墨爷爷。

墨父厉声反对，说墨爷爷最疼自己的孙子，怎么会绑架他，唐华看着墨爷爷只是问了一句：“那条钓鱼线是墨伯的吧？”

墨爷爷还是没有答话，唐华指出墨伯的手表面粗糙，是长期冷水杀鱼且经常被鱼鳞划伤表皮的表象，泛黄的渔线是老渔民的专属。墨伯原本是想把昏厥的墨天背走，但是人老力不从心，只能搀着拖走。

墨爷爷叹了口气承认，可他为什么要绑架自己的孙子呢?

~ 2 ~

他说出的目的却让所有人费解：为了求证小霜是不是敏儿。

难怪一开始墨爷爷并不担心墨天是否失踪，而是完全沉浸在对敏儿的回忆中，据他口述，敏儿是他年轻时出海捕鱼认识的，当年遇到风浪，敏儿就像美人鱼一样救了他。后来两人恋爱，但几年后，敏儿又像美人鱼一样消失了。

而这次从墨天这里重新发现敏儿，所以他导演了这场绑架案……

说完墨爷爷带着大家去湖心岛的老房子里找墨天。

路上，唐华找了个间隙对小霜说：“谢谢你。”

小霜诧异，唐华轻声说：“你的美貌就像是引力波一样把我的注意力全部吸引走，然后指引我发现你脚下的拖痕才侦破这场绑架案，所以我要谢谢你的美。”

到了湖心岛墨母激动地跑进老房子里找墨天，没想到她进去后便惊叫起来，众人跑进去一看。

一只鲜血淋淋的断手放在桌上，这难道是墨天的？

唐华快速看了下周围的环境，竟然有一个弓弩挂在墙上。

他赶紧喊：“别过去。”

然而墨母已经冲过去，也就在此时，半空中射来一支乌黑的利箭，直接射中墨母，墨母当场昏厥。

墨爷爷明明把墨天锁在房间内，但是整个老房子里却完全没有墨天的影子。

难道还有另外的阴谋？

墨母受了伤无奈之下墨爷爷、墨父必须带她赶去医院，唐华和小霜留下来找墨天。

但是墨天会被藏在哪呢？

两人在大厅里转着、转着，脚步声越来越沉重，就像是时钟一样，一秒一秒走动，滴答、滴答。

小霜问：“老房子那么小，我们都找了几圈了还没有看到墨天，难道他被别人绑走了？”

此时唐华忽然使了一个眼色，小霜看在眼里，没继续说。唐华凑过来靠近她快速说："小心，有监控，墨天还在。"

但是没想到的唐华说完却趁机在她脸颊上亲了一口。

小霜一记重脚，唐华疼得哇哇叫着跳了起来。

唐警官忽然安静下来看着小霜，小霜警觉地问："你想干什么？"

谁知道唐华只是浓眉紧锁，双脚使劲跺了跺，又在旁边跺了跺，像是发现桃花源一样豁然开朗，说："你有没有发现，声音不一样？"

小霜惊喜道："难道有地下室？"

唐华笑了笑说："对。他被关在地底下。"

小霜又问："但是入口在哪呢？"

一般地下室的大门都会在墙角或者楼梯处，但是他们找了一圈却没有任何收获。

唐华回到大厅环视四周，除了明显的装饰和灯具，他找到了五处摄像头。

所有摄像头都对着桌子的位置。

他掀开桌面，果然有地下室大门，但与惊喜同来的是一阵滴答声，旁边有个显示屏，显示倒计时三十分钟。

定时炸弹！

很明显，这是一道选择题，他们要在三十分钟内拆掉这个炸弹救下墨天，拆错了两个人就葬送这里，或者选择牺牲掉墨天离开。

于情于理，两人都选择救人。

唐华说："你别怕，有我在。"

小霜说："就是你在我才怕。"

唐华笑着说："你真幽默。"

说完他从衣服里拿出一个工具盒子，说："除了捣蛋，其实我也会拆弹。"

他小心翼翼拆开炸弹的外壳，但是当他看到里面的构造时却迟疑了下，额头微微冒出了汗。

一般来说定时炸弹有两条线，判断好连接开关的线剪断就行，但是这次有三条线，眼看时间一秒一秒地流逝，唐华无动于衷，要剪掉哪条呢？靠运气吗？

此时，他突然转头对小霜说："这次我真不知道要剪哪根，你到外面等我，如果剪对了我们一起下去救人，错了就牺牲我一个好了。"

小霜摇头说："不，我也要留下来，要死一起死，要活一起活。"

很简单的生死与共，唐华却愣住了，多年前他们被困在倒塌废墟里，那个跟小霜长得很像的女护士对他说了同样的话。

难道是巧合？

他没那么多时间想这些，所剩时间越来越少，他们得尽快决断。

小霜蹲下来，两个人一起等到最后一分钟，唐华还在犹豫着，小霜问："你相信宿命吗？"

她继续说："我穿着黄色的衣服，你穿着黑色的衣服，刚好应对两条线，剩下绿色。"

唐华笑了笑说："如果我告诉你我信，而且我也是那么想的，我们心有灵犀，你信吗？"

小霜白了他一眼说："时间不多了，没时间跟你贫。"

其实当年第一次相遇，他也是穿着黄色外套，那女护士披着黑色外衣。但是他并没有说出口，只是聚精会神地看着显示器。

在最后一秒剪掉了绿线。

~ 3 ~

果然，倒计时停止，两人松了口气。

随后他快速拆掉炸弹，拉开地下室大门。两人走下台阶，借着手机发出的微弱光线他们隐隐约约看到昏厥的墨天被绑在墙角。

墨爷爷为什么被利用成为绑架的一环，墨天又为什么被绑到地下室，为什么安排假断手和弓箭，为什么有定时炸弹，到底谁是主犯，他的目的是什么？

只要墨天一开口就全部解开了，唐华怀着愉悦的心情走向墨天。

可是墨天一直处在昏迷状态。

唐华想着只能赶紧把他送到医院，然后把现场严密保护起来，等着他醒来再询问。他赶紧解开绳索抱起墨天。

突然一阵“咔擦”声，地下室大门突然被铁门封住，原来墨天坐的位置是一个开关，他完全没有注意到。

两人分头探究了很久，真是密室又见密室，他们得赶紧出去，否则叫天天不应叫地地不灵，万一再来一个什么定时炸弹之类的就完蛋了。

唐华发现小霜面无表情，他顺着她的目光看过去，不远处的墙壁似乎有一点儿余光。唐华走过去敲开墙壁，竟是一扇玻璃窗。

地下室怎么会有玻璃窗呢？而且窗外竟然有鱼在游动，难道有人在旁边弄了一个鱼缸？不对，他似乎看到了鲨鱼！这年头还有人养鲨鱼啊？

唐华越想越觉得不大对劲，伴着一阵阵轰隆声地下室开始摇晃，他一下子就明白了，这不是地下室。

这是一艘潜水艇！

绑匪为什么千方百计把他们引进地下室，还用一艘潜水艇把他们困起来？

墨天呼吸越来越弱，可能坚持不了多久了。他们没有任何食物和水目前也出不去，很快就会完蛋。

这是一个死局！

唐华依然镇定地说："如果这是潜水艇，肯定有人操控，我们想办法找到驾驶舱让驾驶员带我们出去。"

但这是一个铜墙铁壁的密室！

他完全想不到其他方法，坐下来看着小霜，两人无言只能对视。

良久之后，他问："反正我们都快死了，你能不能告诉我，我苦苦追求的女神是不是你？"

小霜惊讶地说："怎么可能，我们年龄差那么多。"

唐华反驳说："跟年纪没关系，也许你保养好，也许你是一个把我魂儿勾走的不老妖精呢。"

小霜说："都什么时候了你还开玩笑，搞不好你追的人是我姑姑，我给你找找她的照片？"

唐华摇头说："现在电脑技术那么发达，你要是造假我也看不出。不过小霜你放心，即便你是白素贞我也不会改变对你的爱，而且我发誓绝对舍命保护你不被科学家抓去研究。”

唐华接着说：“我是认真的，我只想在死之前知道答案。”

小霜一脸茫然，真会有难以启齿的秘密吗？

小霜突然说：“有了。”然后从唐华兜里拿出工具小盒，快速拆掉舱内的电源，随后连到通往驾驶舱的大门上，按下开关，不一会儿电光闪烁，门竟然打开了。

唐华问：你怎么做到的？跟变魔术一样。

小霜笑了笑说：“短路，初中物理实验。”

唐华暗叹，随后快速跑往驾驶舱制服驾驶员，成功逼他把潜水艇开到岸上。

但是岸上有十几个拿着乌黑弓弩的蒙面人等着他们，随时准备射杀他们。

~ 4 ~

唐华挡在前面和弓弩手对峙着，身后是小霜扶着昏厥的墨天。

为首的弓弩手说：“唐警官，这不关你的事，我们要的是小霜。”

唐华说：“想带走她先过我这关。”

“唐警官，你认为你能救得了她？”

“不试试看怎么知道。”

弓弩手摇了摇头问：“唐警官，难道你忘了你们是怎么克服困难一直到这里的，你认为光凭你的本事就能过关吗？难道你对她没有一点儿怀疑吗？”

“有什么好怀疑的？你别告诉我她去过韩国。”

弓弩手冷笑了下说：“那我问你，墨天房间的拖痕难道真是她无意中站在那提醒你吗？老房子桌上的断手，为什么小霜那么镇静，最后一个进屋？是不是她一开始就察觉到了乌木箭？定时炸弹真是你们运气好吗？还有潜水艇里面那么多守卫你能轻易绕开？这些你觉得都是巧合吗？我只能说唐华，你被蒙蔽了。”

“如果真是被蒙蔽，我也情愿被这样一名女子蒙蔽一生。”

“唐警官，我们的弓箭都是乌木做的，这些年你也一直在研究乌木对她的伤害，只要划破，伤口就永远无法愈合。”

“不明白你们在说什么。”

他话刚落地，就有一支弓箭射往小霜，唐华挡在前面，乌木箭正中他肩膀。

一旁的小霜看在眼里，大喊：“唐警官，你别管我，快走。”

唐华撑住身体，笑着说：“如果连心爱的女人都保护不了，我还算什么男人。”

弓弩手愤然发令：“放箭！”

所有弓弩手准备进攻，唐华继续用身体挡在小霜前面，小霜也用身体护住墨天，他们会被射成刺猬吧！

“住手！”

声音来自小霜的怀里。竟然是墨天。

墨天站起来对着弓弩手喊着：“爷爷，收手吧。你到底想要证明什么？无论如何，敏儿早已离开你了，再也不可能回来。”

蒙面人回道：“畜生！”

果不其然，揭开面具，真的是墨爷爷。

墨天说：“爷爷，收手吧，小霜是无辜的，你这样证明下去只会害死她。”

难道他一直在证明她是敏儿?

墨爷爷陷入沉思，他年轻时带着一支船队出去打鱼，偶然遇到一条神奇的“美人鱼”，他便指挥全船追捕，甚至使用了船上的巨弩，然而无论如何都无法捕捉到，甚至有些时候看到弓箭射到她身上却无法对她造成伤害，后来一个老渔民建议他使用家传的乌木当箭头，果不其然，真的射中“美人鱼”，然而在关键时刻海上突来暴风雨，船被掀翻，他自己也溺水几近窒息，就在这个时候他迷迷糊糊看到“美人鱼”出现在眼前。

那“美人鱼”便是敏儿，他清楚记得她在岸上用自己的血救了他，然后用了很漫长的时间养好这个被乌木箭划破的小伤口。彼时，年轻的他爱上了她，早已不在乎她到底有什么特别能力，只是在湖心岛的房子里照顾她……

自从敏儿离开后，墨爷爷开始了几十年的寻找和对乌木的研究，终于找到蛛丝马迹，这份尘封已久的爱意，他会轻易割舍吗?

许久，墨爷爷的手还是落下了。“放箭！”

十几支乌木箭飞来……

就让乌木箭来证明小霜到底是谁，如果是敏儿，她一定会用自己的能力逃开。但万一小霜不是敏儿呢？那岂不是白白牺牲掉?

就在此时，唐华和墨天同时扑向小霜，他们两人用身体护住了小霜，箭都射在他们身上……

“不！”小霜失声痛喊。

墨爷爷愤怒地喊道："天儿！"

墨天也奄奄一息地喊着："爷爷，我不管小霜到底是谁，我只知道她是我最喜欢的女人……"

"住嘴！"

"爷爷，当初是你派我去接近小霜，但是那么多年来一直都没有任何头绪，小霜根本就不是您说的敏儿。"

"那是你年少无知中了她的妩媚术。"

"爷爷，根本就没有什么妩媚术，我是真心喜欢小霜，如果你非要坚持，就用我的生命换小霜的生命。"

另一边的小霜紧紧抱着墨天，眼眶湿润。

"造孽！"墨爷爷大喊一声便带着众人离开。

离开前说了一句话："敏儿，这里离最近的医院需要半天的车程，你的血有起死回生功能，人救不救随你了。"

说完他们便消失在视野里。

一个是昏迷不醒几近丧命的唐华，一个是奄奄一息的墨天。

如果按墨爷爷说的，小霜的血可以救人，而要让她流血需要乌木，旁边就是乌木箭，但是一旦被乌木箭伤到，伤口就无法愈合。

也就是说这是一个舍命救人的交易，她怎么选？

如果不是呢？小霜岂不是眼睁睁看着两个保护自己的人死去？

许久，小霜似乎下定了决心，就要伸手去拿旁边的乌木……

"慢着！"

是唐警官的声音。可是他不是处于昏厥状态吗？

此时，唐华忽然站了起来，他脱掉外套，里面竟是一件防弹衣。

唐华笑了笑说：“幸好提前穿好这个，否则早就被杀死了。”

唐华接着说：“要不是我采用这个方法还真不能找到答案。”

小霜呆在原地问：“唐警官你……”

唐华说：“小霜，你别误会，我找的答案不是你，而是……墨天。”

~ 5 ~

“对，我们都被他欺骗了，其实他才是真正的绑匪，他才是这个组织的头目，所做的一切就是要证明你到底是不是敏儿然后获得所谓的长生不老的秘密。”

墨天强撑着说：“胡说……”

小霜愣了，怀中是奄奄一息的墨天，眼前站立的是精神抖擞的唐华，到底谁才是真的？

“墨天你别装了，起来吧，从头到尾你一直在扮昏迷，其实你一直都在监视我们，到最后一刻你还是找不到答案所以选择用苦肉计，虽然我不擅长射箭，但是枪法我还是训练过的，每一支箭都巧妙避开你的要害，相反，你的每一支都是射中我的要害，你真行。”

墨天还在辩解：“胡言乱语。”

唐华继续说：“但是无论如何你也没什么大事，就别躺着装死了，我都没让小霜搂那么久，再搂下去我可会吃醋的。”

说着墨天艰难起身，就在那一刻唐华一个擒拿手抓住墨天，随即从他衣内拿出一把乌木做的匕首。

唐华笑着说：“刚才没有证据，但是现在有了，别告诉我你藏着一把乌木匕首是防身用？”

墨天说：“我……”

“先别着急，我还没说完，湖心岛的房子内情况不明朗，按理说得是警察先进入探查，结果墨母先进入，如果她真的相信桌上的是你的断手，作为一个母亲正常的反应应该是晕倒，而不是过去触碰。还有老房子的乌木箭，这可是一箭双雕的效果，如果小霜离得近，一下就达成目的，如果小霜没靠近则刚好射到墨母然后他们几个人就可以先撤离。”

墨天打断唐华说：“这是我爷爷的计划，跟我有什么关系。”

“对，看起来是为了给制造密室和定时炸弹留下空间，但事实上是为你监控小霜埋下伏笔，一直到潜水艇。因为你根本就没有昏迷，你一直都清醒着！扶你的时候我特地把你的手抬高到你脸上然后自由落下，你太爱自己了不会自己打自己嘴，你以为我是无意抬高你的手所以偏离一下也没事，结果你却在这里疏忽了。再加上乌木匕首，所有证据都摆在眼前，你有权保持沉默，也可以开口反驳。”

墨天正要反驳：“我……”

唐华打断他说：“好了，你不用说了，我没时间听你废话，我的队友很快就到了，你爷爷现在应该在警车里了，你要说到监狱里跟狱友说。”

就在此时，原本温顺的墨天突然目光凌厉起来，一道乌黑的箭光向小霜飞去。

一片血花溅起，如果按墨爷爷说的那样，那么这个大伤口小霜一定无法愈合。

但是小霜却安然无恙站在那！

受伤的人是唐华，他扑过去挡在她前面，乌木箭直接从他的后背刺入，穿透胸膛。

嘭。一声枪响。唐华还了一枪，墨天应声倒地。

小霜扶着唐华泪流满面，突如其来的变故让她无从应对。

对于唐华来说，眼前这人跟十年前的她如出一辙，她们是否是同一个人呢？

所谓的队友根本没有来，这是唐华的缓兵之计，而他自己现在却血流不止，手机根本没有任何信号，小霜能背着他走出这片丛林吗？

此时，她看了看地上的乌木匕首，那是一把看似没有任何杀伤力的匕首，却又是一把带着死亡气息的致命的匕首，在阳光下如此乌黑发亮，又如此沉默遥远。

难道只有她的血才能救唐华？

关于结尾，小霜并没有继续讲下去，然后以要睡觉的理由让我先离开，等隔天再去找的时候竟然没有了 1314 房间，询问经理才得知，1314 竟是储物间。

查询记录也找不到小霜的入住信息，她像是人间蒸发了一样彻底消失了。

我一度怀疑自己是喝多了幻想出小霜这个人。

后来我成了一个写故事的作家，便把小霜编成一位从民国穿越过来的奇女子收录到《深夜奇妙笔记》里。有天一个中年男人说看了这书想约我喝咖啡，我拒绝了，没想到他却掏出了警察证件。

仔细一看，证件上的姓名——唐华。

我迫不及待地问他那个天坑的结局，他却跟我讲了另外一个版本的故事。

根本就没有所谓的潜水艇，因为人沉到水里受到压力影响整个人都会很不舒服，特别是耳朵会有强烈的压迫感。他判断这是“绑匪”故意制造的轰隆声和摇晃，再加上窗外的水景，让他们产生了在潜水艇的错觉，其实他们还是在地下室。

随后唐华又讲了绑架案的真实版本，那是轰动鲤城的夏家绑架案，目的就是争夺病入膏肓的夏爷爷的遗产。所谓的夏父和夏母其实是他的姑父和姑姑，早已失去父母的夏天作为唯一继承人成了众矢之的，而小霜作为夏天的前任以及此次事件的媒体记者也被牵扯到其中。

而最后弓弩手并没有来得及发射弓弩，唐华早就通知队友赶到现场逮捕了所有人。不幸的是夏天确实在地下室就被残害了。

我好奇地问：“那乌木呢？”

唐华笑了答道：“你傻啊，乌木是天价啊，即便被你挖到了你还不交给国家？”

我纳闷，他似乎说得对，但是又有很多细节跟小霜讲的有出入，但我又无从辩解。

~ 7 ~

关于 Kepler−452b（另外一个地球）的新闻传得沸沸扬扬。

美国宇航局科学家会议上，与会者大多认为，Kepler−452b 上现在已经不大可能存在智能生命，宇宙之中的成熟智能生命是通过“蛙跳”的方式在宇宙中旅行。

天体物理学家利维奥说：“我们一直在寻找外星人，其实地球人就是 Kepler-452b 的人‘蛙跳’后与古人的结合体，在信息流传送过程中大部分能力流失，但只要揭开‘蛙跳’的秘密，人类将成为超体人……”

我忽然想道：“难道小霜就是来自另外一个地球的人，而墨天就是从她身上获得成为‘超体人’的秘密呢？”

一个是长生不老的民国奇女子，一个是来自另一个地球的故事，一个是鲤城绑架案的警匪故事。到底哪个才是真相？

很多很多疑惑，可能事情本来就是那么复杂，我完全找不到答案，自从那次见面后唐警官竟然也消失了。

庆幸的是他并没有像小霜一样不存在，经过一番周折我终于找到他的住址。

那是一处偏远的小别墅，我过去敲了敲门，不一会儿门打开了。

映入我眼帘的是一张熟悉的面孔——小霜。

“小霜，怎么是你？”

然而对方却一头雾水说：“你认错人了。”

我认错人了？难道她是敏儿？

据称，由于 Kepler-452b 比地球古老 15 亿年，所以 Kepler-452b 上的人早已接近“神”的境界。除了上天入地，三十六变是不是也轻而易举呢？

那些世相

那些人，那些世相

Chapter2

那些人，

「

归去后我只愿等待

你若不来

我藏书煮茶盼花开

你如期而至

我满手玫瑰迎你到月台

」

——《梦里梦见了你，醒来只想去睡》

该不该借钱给朋友

于是，“好朋友”这个定义就出来了。

~ 1 ~

我们活了这么多年，都会遇到各种各样的借钱方式，当然，我们也找很多人借过钱。

借钱的滋味不好受，但借给别人钱的滋味更苦。

不同的人会有不同的想法，我们也经常听说：“好朋友之间就不要有金钱来往，一旦借了钱，再好的朋友都会有隔阂。”

也常听一些长辈说：“都是朋友，不好意思拒绝，相互帮忙嘛。”

那到底该不该借钱给朋友呢？

过完年回北京工作，忽然接到一个陌生电话，聊了几句才知道是中学同学，回老家时匆匆见过一回，递给他一张名片，所以就联系上了我。

简单寒暄了几句后他直接进入主题——借钱。

说做生意资金周转不开，多年的老同学，就移五千缓一缓。

该同学用了一个生动的“移”字而不是通用的“借”字，让我这个中文系毕业的学渣差点儿就真借了。

最后我还是委婉拒绝了，这跟帮忙不帮忙、数额多少没关系。

你说几年没见面的人第一次打电话就是借钱，这算什么兄弟或者朋友?

我们总会遇到一些所谓的朋友，平时在微信躺成“僵尸友”，顶多朋友圈点个赞，一过来就是借钱，怕借多了不给就说发个大红包意思下就好。

发大红包给你你还吗?发、发、发，你还真敢要。

对于这类“朋友”，我只能说借钱这事，不借是本分，借是情义。

彼此还没有朋友的情义，所以我们可以不借，没有什么不好意思的，这是本分。

~ 2 ~

有一些过来人劝告我们：“千万别借钱给朋友，借钱帮人家，自己没钱的时候还得跟孙子一样求人家还钱……”

前阵子跟好朋友聊天，他一直跟我抱怨女朋友很不懂事，自己都快揭不开锅了还借钱给亲戚。

我说："都是亲戚，相互帮忙。"

朋友瞪了我一眼，愤愤然说了始末。

他女朋友的表亲工作了很多年，不好好存钱，平时乱挥霍，偏偏姑父遇了车祸，表亲第一时间找他女友借钱。原本就没钱的女友想都没想就把自己的信用卡借给了他，最后被刷了两万多。

过了大半年，姑父才知道钱没还，打电话跟他女友说，自己每个月还有千百来块退休金，一定会还她。

朋友的女友一听直接说不要了，这养老金怎么能要。然后自己没钱交房租，找表亲要，一要不打紧表亲就各种理由搪塞，说哪天给，到了日子就电话关机。于是就开始有了争吵，一吵借出去的钱就算打水漂了，然后这个填坑工作就落到了我朋友头上。

你说这算什么事？

中国有句俗话说，借急不借穷。虽说听着有点儿冰冷，但是很多时候不得不信服，借钱的人跟大爷似的，借钱就是天王老子收租；讨债的人跟孙子似的，求着还钱还得看别人脸色。何苦呢？

很多时候我们都在想，难道亲戚朋友的关系还不如一张信用卡吗？

信用卡到期之前，都要想办法还钱，甚至不惜牺牲朋友关系。但是借亲戚的钱到期了依然无所谓，甚至通过欺骗、赖皮的方式解决。这算什么亲戚朋友。

如果你遇到了，请不用客气，果断拉黑。

都说借出去的钱就是借来的朋友。

这话的意思是，借钱给朋友，关系就变味了，朋友就像租借的一样。

但是谁又没有遇到困难的时候，急用钱时第一个想到的难道不应该是好朋友吗？难道好朋友不应该第一时间竭尽所能吗？

于是，“好朋友”这个定义就出来了。

我身边很多朋友就真的做到了这点，真正的好朋友遇到困难，二话不说竭尽所能，是给不是借，因为“给”出去的那一瞬间就没想过要让他还。那是给，就是纯帮忙，不用还。当然，若干年后这个真朋友会如数归还，甚至连本带利。

这点在电影《老炮儿》中有着淋漓尽致的体现，六爷住院，几个兄弟不计成本解决医药费。当他找话匣子借钱救儿子时，话匣子直接把所有存款给他，当然，六爷也是性情中人，直接还她一套房子。

这是电影，但是生活上的很多事也大体如此。

前同事周小胖找我借过很多次钱，当年周小胖刚交了房租就得了阑尾炎，不得已才开口跟我借钱，并且说明一个月后就还。当月她如数奉还。

后来共事几年，她一有困难第一时间都找我帮忙，说什么时候还日子一到就会到账，当然作为“福利”，这几年她没少请我去她家吃她手工包的饺子。

去年周小胖买房子，又找我借钱，说今年还。我想都没想就把一笔数额不少的钱转了过去。

后来时间一到她就把钱转到了我账户上，当时我都快忘了这笔钱了。

其实借钱还钱只要处理好，不会伤了朋友感情，反倒因为有借有还，让双方关系越来越铁。

谁没有困难的时候，难道这个时候不恰恰是考验朋友的时刻吗？

好朋友找你借钱，那是真把你当好朋友，否则如何好意思对你开口。

借钱给好朋友，你也会有一种被需要的感觉，这种感觉是花多少钱都买不回来的。

~ 3 ~

所以，该不该借钱给朋友？

对于普通的朋友，借是情义，不借是本分。

对于要好的好朋友，借出去的钱一定要在自己能够承受的损失范围之内，借出去就要抱着给的态度，他不还有他的难处，不要失去了钱又失去了朋友。

对于任何朋友，如果数额大又是救急，立个欠条很重要，记得还钱时连利息也一起还上。

对于关系特别好的朋友，真借不了就说抱歉，也千万不要因为面子而刷信用卡或借别人的钱来拆东墙补西墙，因为你有你的难处而他也不会因为你不借而撇下这么多年的情义。

对于借钱无论多少永远不还的人，借你妹！

不忘初心，方得始终

唯有梦想虽败犹荣，你的执着随处可栖。

~ 1 ~

北漂的这几年，很多人会问我，为什么去北京？

这跟问什么时候结婚一样让我倍感紧张。

每次我都跟被审问一样小心翼翼地回答：“说因为梦想会不会太矫情？”

是啊，北京这座城市，无论拥有多少房子都找不到家的感觉；无论遇见什么人，都会被问起故乡，这是座没有归属感的城市。

为什么那么多五行缺虐的人傻兮兮地选择北漂呢？

第一次来北京是 2008 年奥运会，从四川灾区支教结束后回学校，路过北京。

我站在天桥上看着三环来往的车辆和来自世界各地的晃着大白腿、抬头挺胸大步向前走的姑娘，就像《传奇》里唱的一样：“只因在人群中多看了你一眼，再也无法忘记你容颜。”

那时候我悄悄告诉自己：“以后在紫禁之巅，与这世界一决高下。”

是的，那时候自己的英雄梦，是对北京的无限憧憬，是背井离乡到这座灯火辉煌的大城市闯荡的年少轻狂，也是寻找一份证明自己价值的存在感！

跟家人说起北漂的时候，父亲直接怒了，拍桌子问：“你去北京干什么，学相声吗，还是学烤鸭，回家给我们做满汉全席吗？”

我大声说：“北京有我的梦想。”

那时候我在想，为什么北京那么大，容不下我的梦呢？

到了大四，收到刚创业的小说阅读网的面试邀请。

虽然条件很艰苦，但那是我非常向往并看好的网络文学领域，于是我带着一个箱子一个背包坐了十几个小时的火车跑到了北京。

后来面试很顺利，我也从创作型选手转变成编辑奶爸，当时领导跟我说月薪两千五，让我考虑下，我想都没想就答应了。

北京，无论有多苦，我来了，你拔剑吧！

~ 2 ~

对北漂来说，北京是一个来容易、留下难的城市。

我的第一个落脚点是一个最便宜也要月租九百元的阳台隔断房，

里面只能放一张单人床和一张桌子。“扒衣见君，开门见床”大体说的就是这种情况。

不到一百平方米的房子里住着十个人，共享一个卫生间，那一年我每天晚上都不敢多喝水，隔天早上要双腿夹紧排着长队等着隔壁的奇葩女人边喝咖啡边蹲马桶……

当时小君来北京面试，入夜过来借宿，彼时大冬天，由于房间太小、床太小，睡到半夜他竟然被热醒。

第二个是跟掌柜合租的隔断房，小君和轩洋过来探望，结果由于东西太多，满地都是箱子和书，他们两人竟然无处下脚进不了屋。

第三个在西二旗，住进了独立的次卧，熬了三年终于熬出点儿盼头。

第四个是在交大附近租的小主卧，去年一度沦为我们谋划和招兵买马的大本营，后来轩洋说：“什么狗屁主卧，简直就是重灾区难民营……”那房子月租三千元，当时我的工资七千元。

民以食为天，遇到吃，什么都得靠边。

来北京第一年，楼下成都小吃和沙县小吃成了我的食堂，当然还是因为他们便宜。

后来一个实习编辑好奇地问我：“强哥你这一个月天天吃木须肉盖饭，都不换啊？”

我笑着说：“因为天蝎座很专一啊。”

当时房租九百元，伙食一千元，再加上水电费、电话费、饮料等，工资基本清零，如果手机被偷、笔记本坏了那就是天灾人祸了。

当时在北京的张轩洋和在上海的宋小君也跟我差不多，小君的女同事约他下班一起KTV[①]，美人之约谁不心动，但一想AA制的话平均每人要一百五十元，他直接吓得屁滚尿流承认自己是跑调狗开溜。

没错，北漂就是一场苦中作乐的自我修行。

有人问我，北京的生活不应该是歌舞升平、纸醉金迷的吗？

是的，但这些与我们无关。

在北京的头几年，我的工作就是我的生活。

每天早上九点上班，晚上九点回合租房，然后打开电脑写小说、写剧本，在凌晨两点的时候跟远在上海的小君和北京东边的轩洋相互说声晚安。

也许，这就是想要和这个世界决一高下的代价。

多年以后，当我再回想起那时互相扶持的几个人，总有一丝暖意涌上心头。

是的，哪怕再苦再累，总有那些不离不弃的兄弟和我一起奋战，一起跌跌撞撞地延续着英雄梦。

与此同时，我们的大学同学，工作稳定，买了小车，搬进新家，抱着老婆，过着舒服的小日子。

而我这些年在北京，平时上班，到了周六日，也继续在公司加班，唯一的休闲方式就是弹吉他、写书法、看电影，像一个安静的花

① 一般指提供点唱服务的娱乐场所。

样宅男。

后来领导觉得我过分努力，开玩笑说："你不出去找对象，当心没老婆，最后只能娶宋小君。"

不过他说归说，我到公司两个月他就提我当了主编，而我当时还没有毕业，被认可的感觉让我兴奋极了。

又过了几年，网络文学这抬不起头的庶生子迅速爆发。

接下来我们面对的就是"版权"，当时没有所谓的"IP①"，我们一直叫"全版权"，作为第一代全版权经纪人，我和轩洋吃了长达两年的闭门羹。

我们走遍北京大大小小上百家影视公司，见了几百个影视工作人员，想要告诉他们，网络文学是个好姑娘，你们要热爱她，要赶紧把她娶回家。

绝大部分人都认为我们是搞传销的，通常会把我们赶走。

当年的马云，被无数人质疑，却一如既往前行下去，直到证明自己是对的。这条路上总有很多前辈给予我们温暖的力量，让我们坚持下来。

是啊，梦想还是要有的，万一实现了呢？所以执着下去又何妨。

所幸还是有一部分有眼光的人，《步步惊心》《致青春》《甄嬛传》等网络小说改编的作品火了之后，之前拒绝我们的人反过来找我们，我们也不会拒绝，所以才有后来的《深圳合租记》《玩命爱一个姑娘》。

---

① 知识产权。

后来聊天，小君说：“我们终于证明自己的能力了。”

轩洋说：“是啊，我们还要继续证明我们的价值。”

我说：“对，还要证明我们三个人是青年路颜值最高的创业团队。”

我们笑得跟傻瓜似的。

在这条成为英雄的道路上，即使前进小小的一步，对我来说也是莫大的鼓励。

当然，我知道我还要付出更大的努力为这个进步埋单，我内心深处依然留着一块空地，安放着那个微弱得不值一提的英雄梦。

~ 3 ~

从工作了六年的公司离职创业后跟前领导喝酒，酒过半巡，我问：“其实刚到公司我一点儿都不职业，满身是刺，见谁灭谁，年少轻狂，可这一路您为什么给了我那么多机会？”

他说：“因为从你身上我看到想要做好一件事的初心，以及认真做好这件事的执着。”

我们到底为什么选择背井离乡，把青春献给身后这座美丽的城市？

我们就是想在一个相对公平的环境里，寻找机会，尝试那一万种可能，靠着我们自己真正的本事，脚踏实地干出一番事业，来证明自己的价值。

后来跟大学文学社同样来北京创业的同学聊天，她表达了一个观点："中国这几十年的发展要感谢这些背井离乡来北上广奋斗的乡镇知识青年，是他们改变了中国，甚至改变了世界。"

是啊，这些放弃了家乡富足生活，去一线城市打拼的怀有梦想的乡镇知识青年，他们才是这个国家各个领域改变的希望，如果没有这批人最初的选择，现在的中国又是何等模样？

很高兴我们成为其中的一分子，并且正努力地实现我们的价值，构建我们的英雄梦。我想，这就是答案。

也许，我们要做的并不是改变世界，而是不忘初心。

现实的生活有太多无奈，而我们又过分妥协，很容易淡忘最初的坚持。

可从头再来，是一番别样的豪迈，一无所有也是种修行，不要忘记最初的追求，找到自己真正想要的勇气，唯有梦想虽败犹荣，你的执着随处可栖。

点赞之交不是社交

平时不打扰，有难多支援。

~ 1 ~

我们经常在朋友圈这个奇妙的江湖里点赞。

有些人很少点赞，有些人随机点赞，还有些人是有目的性点赞，更多的人是为了点赞而点赞。

于是点赞似乎成了一种新的“社交”方式。

跟你关系好就多给你点赞，你不给我点赞就是不给我面子，关系冷淡了又不能拉黑于是就不点赞。

但是点赞真的是一种“社交”吗？真的能衡量人与人之间的交往吗？其实，它有多社交，你就有多无聊。

~ 2 ~

最无聊的就是抽奖活动，求点赞。

很多人都遇到过，在微信里躺成僵尸一百年不联系的人，突然给你发来微信。打开一看竟然是让你给他朋友圈第一条点赞，说是要集赞领奖。这跟一百年不联系，一联系就借钱有什么区别？

我很想告诉这位一百年不联系一联系就求赞去领奖的“微信僵尸友”，你是脑子瓦特了还是智商不够用？集赞领奖这种骗人的活动你也信，信了就算了，还群发滥用人际关系，你是有多无聊？

遇到这种情况我通常都是拉黑处理。

有一些合作客户，提到某个在业内影响力很大的老板，然后为了证明跟这个老板“很熟”，体现自己社交圈很广很牛气，就说：“×总啊！我跟他很熟的，朋友圈经常相互点赞。”

后来跟这个老板聊天，提到这个客户，他却对我说：“这客户不靠谱，少合作。”

朋友圈相互点个赞就能说明你们很熟吗？

现在摇一摇加个微信，或者吃饭时候加个微信，谁都不好意思拒绝。加个微信成本那么低，然后你主动点赞问好了，发个生日消息别人也不好意思不给你点个生日赞。这样一来一往就能证明你的社交圈很牛吗？

朋友圈经常点赞就很熟？你充其量是打肿脸充胖子、自欺欺人。

前阵子有个合作多年的老朋友对我前同事说：“阿强最近是不是对我有怨气，都不给我点赞了。”

我傻了，不知道要不要立马去给他朋友圈补上一百个赞。

当然，我没有去点，依然很久没给他点赞，实在是没什么可点的，你说整天转那些从头治到脚、三十岁后不得不看的二十句话、老中医的八十条建议……我如何下得了手？

后来一次活动见到这个朋友，这回他直接提到点赞这事，我跟他说："不是我多给你点了几个赞就说明我跟你关系好，少给你点了就证明我忽视你。在朋友圈这个江湖里，平时不打扰，有难多支援，能在你光彩的时候多给你点几个赞的人不缺我一个，但是能在你落寞的时候助你一把的人肯定有我一份，我们交心于情谊就要忘情于江湖，所以朋友圈这个江湖，别在意那么多繁文缛节。"

朋友觉得有道理，这件事也就告一段落了。

当然，朋友也不再在意朋友圈点赞这个事，遇到开心的事儿他都会直接发消息告诉我了。

有一个自称"小悦城网红"的非著名网友。

经常在朋友圈里各种晒，于是就有很多路人给她点赞，这不要紧，她非得每次都截图再次晒图让大家看看她的满屏赞，以证明自己多网红、多社交。

可是，这样的点赞就能证明自己受欢迎吗？

我想说的是，你所认为的朋友圈点赞有多社交，你就有多做作、多蛮娇。

像这样活在自我世界里，晒各种照来博取点赞跟"卖色相"有什么区别，那些有事没事给你点赞的并不是你真正的社交，反而要小心，也许他们早就对你图谋不轨。

醒醒吧，这哪是社交，是赤裸裸的撩人。

当你哪天在一个无眠的夜晚写上一句发自内心的话，配上一张只写着“没有配图，方便删”的图片，再看看多少人给你点赞。

还有些选择性点赞的人。

平时不怎么跟你沟通，某一天突然多次给你点赞，再后来你才发现原来这小子是有求于你。

同样，你会发现他们频繁给一些能从他们身上得到好处的人点赞，搞得你都不好意思跟赞。

其实我很想劝劝这些人，你以为多给他点赞，以这种方式就能搞来好处?

说你是猪你还强调你会爬树，聪明的人都能看出来这是热脸贴冷屁股的巴结。

能给你带来好处的人同样能给别人带来好处，别人也同样天真地以为多点赞就能带来好社交，因为点赞的成本最低，所以当你疯狂点赞的同时也有很多其他人在疯狂地给他点赞。

所以越认为点赞能赢得社交，你的智商就越让人着急，你就越无聊。

~ 3 ~

有一种关系叫“点赞之交”。

听着好像关系很好，其实说的就是两个人关系很一般，只是一面之缘，多是朋友圈点个赞而已。

不用把“点赞之交”当成社交，这样只会让别人嘲笑。

朋友圈的发达让太多人依赖线上的交流，却忽视了社交的本意，即传递信息、交流思想。

所以如果可以，少点几个赞，多点儿交流，多点儿接触，多点儿合作，让对方看到你的真诚，看到你的靠谱，看到你的努力。

让“点赞之交”成为“管鲍之交”，成为“忘年之交”，成为“生死之交”，成为真正的社交。

真正的恋爱不是天天跟手机谈，真正的社交不是朋友圈的点赞。

今天你点赞了吗？

为什么要努力

我这一生终究还是为了这些去寻找、去证明、去努力。

~ 1 ~

我问父亲："人这一生为什么要努力？"

父亲回答说："为名利为幸福，为了不让人看不起，为输人不输阵，简而言之就是为好生活和自身价值体现……"

已过天命之年父亲是我见过最努力的人。

小时候父亲对我特别严厉，我也特别怕他，因此从小我便很少跟他说话，成年后我自认为不再"怕父亲"，而我们交流最多的方式变成了吵架。

北上求学的前一天晚上，我们又是大吵一架，我关上门不搭理父亲。良久，他过来敲门说想跟我聊聊。

我想着他一定是想把我叫出来继续教训，不过我都长大了怕什么，起身开门。

到了客厅发现母亲也在，意外的是父亲并没有教训我，而是反问了一句：“你知道这几十年我为什么那么努力奋斗吗？”

我愣了下，一时之间不知道如何回答。

然后父亲破天荒地跟我讲了整个家族的辛酸，父亲的父亲也就是我的阿公是单传，在那个年代，一家只有一个男丁，除了获得的“工分”少、粮食少，还经常会被“欺负”，更让命运捉弄的是，阿公患病去世得早，留下阿嫲独自拉扯五个子女，且不说有多艰难困苦，从小父亲就是在各种“鄙夷”和“欺负”的环境下成长起来的。

到了二十多岁，都没有任何一个女生愿意嫁给他，基本上所有家长都反对，在那个年代娶不到老婆是难以言喻的耻辱，后来父亲跟母亲在一起也遭到了我外公的坚决反对，在我外婆的坚定支持下才终成眷属。

讲到这里父亲突然落下了眼泪，这是我二十年来第一次看到父亲流眼泪，之前亲人去世都不曾见过，还以为严厉的父亲是一个铁石心肠的人，他继续说：“都说男人有泪不轻弹，我不是不会流眼泪，那么多年的痛苦和委屈都藏在心里，所以这四十年来，我告诉自己一定要努力，让别人看得起我们，让下一代过上幸福的生活。”

讲到这里我明白了父亲那么多年的努力，从高中因为贫困被迫弃学，流落他乡做辛苦的建筑工人，再回到老家当学徒做油漆工，后来自己当起了小老板，管理工人团队做装潢，兢兢业业省吃俭用，哪怕再苦再累，他也要盖房子，也要给我跟弟弟最好的教育。

就像父亲开头回答我的那样，“为了不让人看不起，为了输人不输阵”。

父亲这一生总在努力着。每次回家，看着头发斑白的父亲依然工作在第一线，不分刮风下雨，哪怕过年依然早早起来打拼，他这一生一直践行着给家人幸福生活的信念。谢谢你，父亲。

~ 2 ~

高中的时候因为姑娘喜欢文学，我想要当一名作家，于是花很多时间去看所谓的课外书，写很多不痛不痒的文字。

不少同学嘲笑我说：“文学又不能当饭吃，你那么努力干什么？”

大学毕业后，我选择北漂，住隔断房，领着不到三千的月薪，入不敷出，很多亲戚不解，那么委屈自己到底为什么？

那时从事文创类的工作，六年后成为中上层管理者，拿着不菲的年薪，离职前更有不少影视公司高薪挖我。

后来我选择创业，不少人也质疑，为什么放弃近百万的年薪选择艰难的创业呢？

很多时候我跟几个合伙人晚饭后在小区楼下散步，都会彼此问一句：“我们那么努力是为了什么？”

小学毕业的时候，毕业照拍完后，老师把我单独叫过去，然后借来一个相机找了一位女老师帮我们合影。

当时我整个人都懵了，班主任拍了拍我的肩膀说：“这孩子很努力，以后一定会成才的。”

随后女老师按下快门，把我光着的脚丫也给拍了进去。

当时十岁的我，懂得了努力就能成才。

长大后我看王阳明，私塾老师问他为什么读书，王阳明说成为圣人。老师说读书是要考状元做大官，怎么能成为圣人呢?

但是王阳明坚持自己的梦想，用一生的努力，“龙场悟道”成为历史上唯一的“三立”完人。

~ 3 ~

很多人问我为什么要努力创业。

我多次反复问自己也问小伙伴们。

有的说：“为了赚很多钱，让家人过上幸福生活。”

有的说：“实现自己人生价值，把公司越做越大直到上市，享受成就感。”

还有的说：“人这一生为什么努力，还不是找到尊严、成就、荣誉、幸福和名利……”

诚然，三十而立的我们放弃了很多，选择在北京创业，这其中有我们不曾磨灭的文学梦想，有我们一直想要证明的人生价值，还有我们想要获得的成就感和尊严，我想这些都是组成我们的努力的要素。

我这一生终究还是为了这些去寻找、去证明、去努力。

一生很漫长，我们总在每一个阶段找到属于我们努力的理由，为了姑娘、为了名利、为了尊严、为了梦想……

一切的一切，都是我们想要获得的，想要追求的，或者生命中必然的。

努力仿佛就是我们生活的一部分，无论你有多成功，无论你幸福与否，终将伴随我们的一生。

每个男人都有个女神

岁月，是一把猪饲料，把我们都养成了胖子。

~ 1 ~

相信不？每个男人心中都有一个女神：扎着马尾，笑得醉人。

而姑娘，你的少女时代是谁的女神？

中学的时候，我很腼腆，也就是传说中的乖乖男。

暗恋一个女生很多年，而她就是马尾姑娘。

那时，男生喜欢女生而又没说出口，往往会用“恶作剧”来表现。

于是，这个男生会情不自禁去揪那个女生的马尾。

请问，广大男同胞，你们是否干过这事？如果有，恭喜你，至少你心里有过她。

至于是不是真的喜欢，还是只是玩笑的戏谑。只有你心里知道。

如果有，我也祝福你。那些揪过你马尾的男生，至少有一个喜欢你。

如果你们现在还在一起，那么你是幸福的。

如果你们擦肩而过，那么请再次绑起马尾，祭奠那些回不去的青春。

如果你很不幸地坐在这个男生的周围。

他还会用笔戳你后背，他还会踢你椅子，他还会把桌子往前推去占用你的空间……

这一切的恶作剧，只为引起你的注意！

所以在中学时期，那个坐在我前面的马尾女生，你受累了。

从认识你的第一天开始我就没夸过你，无数次在你面前表现出一副吊儿郎当的样子，送你的是无数个让你哭笑不得的恶作剧。

你曾多次劝我好好读书，而我数学依然会挂科，高考依然没考好，英语四级依然没过。

如今，所有的所有，当我在人潮人海里看到扎着马尾的女生，都会不经意间想起你。

~ 2 ~

岁月，是一把猪饲料，把我们都养成了胖子。

人生最可悲的事莫过于青春没有了，青春痘还在。这是我的悲剧。

当然，女生也长大了，变成了女人，也有的变成了妈。

那么，那个曾经绑着马尾再也不敢联系的姑娘。

如今，你们的头发是短发，还是烫成了波浪？

也许你早已不记得，你嘴里咬着橡皮筋，一手把披肩的头发握住，一手拿起橡皮筋把头发绑成马尾的样子。

这是你最美的模样。

这是男生们心目中女神的原始形象。

可是，月下的你再也不复当年模样。

柯景腾说："如果我赢了你就绑起马尾。"

后来，他输了，剃了头发。

但是沈佳宜依然绑起马尾。

为了他。

我的青春里没有要求过她绑马尾，因为她一直都是，只不过在她没绑马尾的时候我会说："其实你还是绑马尾的样子稍微能看点儿。"

她一脸鄙夷看着我，隔天，她又绑了马尾。

你们呢？在你的青春岁月里，是否有一个女生为你绑过马尾？

无论如何，我们的故事都有着相同的结局——

毕业，哭泣。

哭泣，分开。

分开，重逢。

重逢，物是人非。

一切的一切都过去了。

青春，马尾。

马尾，青春。

电影里，柯景腾接到沈佳仪结婚的电话。

参加婚礼时，他转身露出一个微笑，如此骄傲，如此感伤。

我在想，此时的柯景腾是一种怎样的心情？

也许是在三秒后，也许是一分钟后，我想明白了。

就像柯景腾说的："我错了，原来你真的非常非常喜欢一个女孩儿，当她有人疼有人爱，你会真心真意祝福她幸福快乐。"

我又何尝不是。

那些年，是否有一个姑娘为你绑起马尾？

那些年，你是否给一个马尾姑娘写过情书？

那些年，你是否暗恋过一个绑着马尾的姑娘……

中学时，年少轻狂都为引起她的注意，而她成绩优异总劝我好好读书。

岁月荏苒，她已为人妻，甚至成了孩子妈。

而那记忆里的女孩儿，你还能为我束起马尾，纪念那些回不去的青春吗？

我们爱得太将就

你只是在跟微信谈恋爱。

~ 1 ~

小檬是我前阵子遇到的比较聊得来的女性客户，一直在跟我咨询各种恋爱秘籍。

于是我问了一个很虐狗的问题：“问那么多你到底有没有男朋友？”

小檬迟疑了下，反问我：“我跟他已经五个月没见面了，不过每周还保持在微信里甜言蜜语，算不算有？”

我笑了笑说：“你只是在跟微信谈恋爱。”

小檬的男朋友叫海洋，两人在三里屯酒吧里相识。

小檬非常清楚，跟酒吧认识的男生谈恋爱非常不靠谱，但是海洋同学跟别人有两点不一样：第一点是他很帅，第二点是他非常帅。

我问：“是不是觉得他眼神很深邃？”

小檬点头，我骂道：“你头壳坏啦，只会画眼线不好好读书的男人你也敢要。”

当然，这句我是在心里骂的，真骂出来还不被这个北京大妞砍死？

海洋是上海人，有一个单亲母亲，而小檬是独生女，父母也老了，两人谁也不可能去对方的城市，所以异地四年，再加上双方都有固定的工作，见面机会跟新闻报道一样没谱，顺利的话一两个月见一次，忙的话四五个月。

小檬是典型的文艺女青年，活得比较梦幻那种，她相信距离能产生美。

一开始的异地恋，虽然见面次数不多，但是两人常常在微信里甜言蜜语，只要一有空就视频聊天，时不时入夜还能隔空检查身体。确实是距离产生美，可时间一久，用小檬的话说，“就变味了”。

小檬承认，确实是海洋过来看她的次数多，但每次分别的时候她都不愿去车站送他，车站是一个让人难过的地方，即使是朋友的离开都会难过，更何况是自己喜欢的人。

小檬说，特别是工作受到委屈一个人回家的时候，哭成泪人想打电话跟他诉苦却又担心他工作也很累，只能一个人躲在被窝里，这个时候她会觉得爱得好累。

其实这些不是最可怕的，最可怕的是，她习惯了每天无数个微信表情、习惯了“干吗、在忙、去洗澡”、习惯了十几分钟的语音聊天、习惯了一周三次视频。

小檬忽然发现她不是在谈恋爱，而是在养手机宠物了。此时，海洋发来问候的微信，小檬当场就跟我呵呵了。

我笑着说："很多时候最恐怖的并不是单身，而是时间长了然后不知不觉就适应不了在一起的日子了。"

小檬点头认可，再后来她跟海洋见面聊开了，他们都不想养手机宠物，都不想跟微信谈恋爱，于是两人和平分手。

~ 2 ~

很多时候即使同城也这样。

前同事小美刚跟前任分手，听闻我是失恋少女的垃圾桶，随即找我诉苦，试图走出失恋阴影。

小美说："我跟他都在北京上班，但恋爱这一年见面不超过 15 次，你会笑我吗？"

我大笑着说："不会。"

小美一个熊猫拳呼啸过来。

小美跟前任君这约等于十五次的约会有三分之一还是刚开始恋爱的头两个月见的，所以后面的十个月里，平均两个月才能见一次，她都快变成一块望夫石了！

小美说："人家霸道总裁各种忙啊，加班出差什么的就不说了，周末还要跟爸妈去门头沟看奶奶，然后周一再一早回来上班，见缝插针的机会我都争取不到，各种酸楚已经没办法说清楚了。"

我问："那这一年来你们是怎么恋爱的？"

小美说："当然忍不了，我的被单都造反了。"

小美接着给我展示了他们的日常，我翻了十几天的聊天记录，除了语音、么么哒、早安、晚安，剩下的就是在忙、不知道什么时候有时间、下周我看看……

最后我只能说："你还是爱得太将就了。"

小美点头，她一直在坚持着，毕竟找到一个好男人不容易，但是最后前任君还是给她发了一张好人卡就把她甩了，理由是：她不理解他，她对男朋友的要求太高，他做不到！

小美愤然问我："我对一个手机宠物能有什么要求，无非就是想见面而已啊？见面啊，只是见面！"

我说："所以说不爱你了，你连呼吸都是错，这话一点儿不假。"

小美最后还是哭了出来。她是一个要强的女生，即便是刚才说了那么多决绝的话，真正意识到分手失恋这个事实的时候，还是暴露了她脆弱的内心。

我安慰说："小美，很多时候我们之所以失恋，往往是定了错误的标准选了错误的目标，我们爱得太将就，所以从现在开始你要明白，你要嫁的并不是白马王子，只能是爱情。"

所幸小美后来想通了。

而你呢？

是不是也在跟微信谈恋爱？

一年三百六十五天里，你们跟自己喜欢的人见面多少次？千万别许下那么多的海誓山盟，也抛掉那些花言巧语的套路，最好的爱情是陪伴，而不是微信里的情话。

对于任何人来说，最好的爱情都不是在最需要的时候微信里发来的“多喝热水”“早点儿休息”“按时吃药”。

而是一句：“请开门，我在你门口。”

所以男生们，对于一个姑娘的爱不要停留在微信里，她希望你在她身边陪她，而不是手机里的卿卿我我，她需要真实的关爱。

所以姑娘，跟微信男友说句对不起，你要的是长情陪伴，你要嫁的是爱情！

一往情深胜过百般算计

这是一个被爱的时代。

~ 1 ~

不知道为什么，现在某些人宁愿上床也不愿约会，宁愿交出肉体巫山云雨也不愿交出心灵谈场刻骨铭心的恋爱。

难道是因为恋爱太累，上床不贵？好吧，我老说实话欠掌嘴。

胡萝卜是我所认识的泡妞高手中的高手，按他的话说，他把泡妞当成了基本任务，如果一周不泡到三个女生他就感觉人生没有盼头，异常空虚。

为此他还做了一个表格标明泡妞进度，甚至把女生的爱好特点送过哪些礼物都备注好。

平时开会休息时，他都会打开微信连续跟好多个女生搭话：干吗呢？然后接电话第一句话永远是：亲爱的。

他本性并不如此，最爱的姑娘离开他后，他寻找了她很多年，也就是在寻找和失落的过程中迷失了自己。

我曾无数次问胡萝卜，你把泡妞当成了任务，每周都以数量计算，甚至事后再次相遇都记不住对方，这样有意思吗？

他猛抽了口烟告诉我说："因为寂寞，因为心累，不想再像之前那样付出那么多得不到结果，现在直接奔着上床去，省掉过程省掉心累，多好啊。"

但是谁都知道轻易进行肉体交换而不交心的都是单纯只为性，但为什么有那么多人选择用这种方式来消灭所谓的寂寞。其实大家都很懂，那就是爱无能。

大家情愿相信被爱，被一个人溺爱，被全世界的人爱。最喜欢听的就是我不喜欢这个世界只喜欢你。

这是一个被爱的时代。

因为大家都不愿付出，等着全世界来疼，说出爱就仿佛欠下债一样。

大家都怕受伤，当你付出了很多得不到回报时，就只剩下自己伤痕累累。

所以，他们选择的保护自己的方法就是不去爱。

~ 2 ~

过年回家我去见了初中同学九姑娘。

结婚后她已经不再那么女汉子，甚至我们的聊天时间都比之前砍掉了一半。因为她已为人妇，她说老公很爱她，所以要学着当贤妻。

没有人比我更清楚，这句话是多么酸涩，为什么是老公很爱她，而不是他们很恩爱？

读书时那个曾经带着她在夕阳下奔跑了八年的男生岂能轻易忘记？

按理说世俗的“门当户对”不怎么影响我们这代人，但是道理流传那么多年我们又不得不承认它有存在的道理。

九姑娘也不例外，只不过她一开始不在乎贫穷，坚持了很多年，但是最后依然敌不过父母的强烈反对，敌不过毕业工作后的生活压力，最后她选择了父母安排的相亲，对象是暗恋她多年的校友，然后两人很快结婚。

之前跟九姑娘无话不说，我曾问过她匆匆结婚的原因。

她回答：“爱得很累。”

是啊，谁不知道爱很累，所以，很多女人情愿躲在宝马车里哭也不愿坐在自行车后座上笑。很多男人情愿用右手打一场短暂的飞机也不愿用行动去感动并拥有一个女人。

所以，我们都爱无能了。

~ 3 ~

我们都期待一场一往情深胜过百般算计的爱情。

经历过廉价的身体交换后我们却已经忘记如何去爱。

可是我们看到别人的爱情又会为之动容，甚至幻想自己也有这样一段刻骨铭心的爱恋。

前阵子有个《鸟岛》纪录片特别火，公天鹅一路护送被绑在摩托车上即将带走宰杀的母天鹅，摩托车停下的间隙两只天鹅相互亲吻起来。这场生死离别，让很多人为天鹅的忠贞爱情落泪。

但是我们都在为耳听的爱情故事感动，却何时被自己的爱情感动呢？

动物如此，何况是人，我们的本性并不是爱无能，只不过，真正的爱在一开始就得包含一份宽容。

你是否有过付出真情实意，付出很多行动去爱一个人，最后却是竹篮子打水一场空的经历呢？

如果有，恭喜你，起码你无悔了。

你只是失去一段感情，而他失去的是一个一心一意对他好的人。

算起来，亏的人不是你。而你将会用这般真情实意对待下一个值得你对他好的人。

相爱虽平凡，但荡气回肠。

找一个爱你的和你爱的人陪你走完人生这条长路，陪你走到世界荒芜。

我们终将成为最初期盼的样子

岁月不止，初心不忘，方得始终。

~ 1 ~

你讨厌现在的自己吗？

这些年不断听到身边的朋友感慨说：“我们终将会成长为自己曾经很讨厌的那种人。”

这话似乎没错，成长过程中有太多的无奈，太多的委曲求全，然后逐渐变成自己曾经讨厌的那种人。

但是回头想想，是否我们只是在某一些事情和做法上不像我们小时候想得那么简单单纯，所以变得讨厌，而我们一路走来的坚持和努力依然是最初我们想象的吗？

小嫣是我在前公司签约的一个 95 后写手，当年认识她的时候她刚上初三，后来到了高中就出了人生的第一本书，她另一个爱好是舞蹈，也考上了梦寐以求的艺术院校，谈了一个据说长得比我还像霍建华的男友后便鲜有联系。

三年后，临近毕业加上失恋，她又找到了我，她说非常讨厌现在的自己。

我笑着说："这些年你是遭遇了什么，那么久没跟大叔联系，一下子从一个妙龄少女变成一个悲观的弃妇了？"

她没有正面回答，而是继续说："读书的时候写作、跳舞、学习、做点心等都顺风顺水，都比身边的同龄人优秀很多，一直以为长大后可以变成风华绝代的女子，但是现在发现一切都跟想象的不一样，甚至为了某些利益变得越来越世俗，成为当年自己很讨厌的那种人。"

我问："是不是失恋让你讨厌现状？"

小嫣说："失恋只是一个契机而已，之前光顾着恋爱，现在一想自己真的变成自己当年很鄙视的那种人了。"

我当然是持着不同观点的，但是隔着三个代沟确实很难说服小女生，于是我列举了几个问题：

（1）你的爱好变没变？

（2）那些爱好有坚持吗？

（3）下一步有什么计划？

小嫣回答："爱好没变，只不过后来没什么作品；舞蹈一直在练；做点心又缺少系统学习……计划目前不清楚，所以过来找你。"

我说："小嫣同学，我不是什么梦想导师，不能给你太多意见，不过王阳明提过‘心即理’，其实你的回答已经给你答案了，追寻你的初心，就是你的方向。”

几个月过去后小嫣又联系我，说自己系统学了点心制作，开了个公众号，和朋友在杭州做了甜品外卖，另外也在写一部叫《我和胃一起治愈了失恋》的小说，跟自己的甜品结合，平时也在兼任舞蹈老师教小孩子跳舞赚生活费。

成长确实有很多烦恼，我们也会让岁月抹去了棱角，但不用讨厌现在的自己，只要找回那颗初心，回到最初的自己，我们终将成为自己最初期盼的样子。

~ 2 ~

前段时间，《中国合伙人》这部青春电影感动了我。

成东青在几万人的舞台上演讲时，孟晓骏说：“二十年前，那个演讲的人通常是我。”

是的，二十年前的大学里，孟晓骏看不起躲在后面的弱者，他追求的是美国梦，他说去美国就不回来了。

记者问成东青：“你是他见过的最没有原则的人之一，您同意他的看法吗？”

成东青说：“他应该去掉之一。”

入学时成东青最讨厌没有原则的人，最后他变成那种人，而孟晓骏在美国一行变化更大，二十年后成东青成了孟晓骏，而孟晓骏却成了二十年前沉默的成东青……

王阳是情场小钢炮，炮都打到美利坚姑娘那了，他也是一个放浪不羁的诗人，为了写诗他甚至可以不去工作，但是二十年后结婚那天，他却说："我以前只会过一种生活，就是和别人不一样。现在我知道了，大多数人都会选择的生活，这才是值得的。所以，我娶了李萍……"

这句话从诗人气质的王阳嘴中说出，顿时有一种岁月改变、成长悲凉的无奈。

"成冬青，到底是我们改变了这个世界，还是世界改变了我们？"东青在与苏梅重逢时，回忆起越洋电话中苏梅对他说的这句话。

难道他们都成了自己最讨厌的那种人吗？

是不是若干年后，我们也会变成曾经讨厌的那种人？

孟晓骏在一开始的讨论会上说："我们这代人最重要的是改变，改变身边每个人，改变身边每一件事，唯一不变的是此时此刻的勇气，如果我们能做到这一点，我们将改变世界。"

是的，孟晓骏是变化最大也是最没有变化的人，从头到尾他都在阐述一个信念：自信与勇气！

所以，孟晓骏还是成了最初自己想要成为的那种有勇气的自信的人。

而王阳虽然对生活选择了妥协，但是他内心潇洒依旧，依然是那个留着长发写诗泡妞追求远方的少年。

而成东青选择做一只傻里傻气的"土鳖"，不被世界改变。

是啊，如果额头终将刻上皱纹，你只能做到不让皱纹刻在你的心上！

没错，真正能改变世界的人到底有多少，乔布斯所执着的“改变世界”，也是在顺应初心的发展。雷军经过几年的放空思考决定从金山到小米转变，他的想法也是“顺势而为”，所以无论世界如何变化，或者我们被世界改变成怎样的模样，亦或我们如何讨厌现在的自己，但都请不要忘却我们的初心，只有初心才能让不断变化的我们保留唯一的真实。

~ 3 ~

国庆回家参加中学同学聚会，院长跟我感慨说，他高中时如此疾恶如仇、出淤泥而不染、坚决和一切恶势力抗争到底、特别讨厌虚伪的人，在进入社会那么多年后，为了谈成业务拿到订单，左右逢源、虚与委蛇，终于变成当初自己讨厌的那种人，所以无比鄙视现在的自己。

我问：“这些妥协难道不是为了创业吗？”

院长说：“是为了创业，但是自己确实很虚伪。”

我又问：“那你高中时候跟大家吹过的牛还记得吗？”

院长笑了笑说：“必须记得啊，除了泡到校花那条。”

我说：“那不得了，读书时你吹嘘做一家很牛的公司，除了长大后口臭脚臭脾气臭每次交的女朋友总是二十岁的姑娘加上变得让人讨厌外，你十多年来的努力难道不是为了最初的那个目标吗？不说别的，你之前杭州创业睡地下室吃隔夜盒饭，再回老家做电商赔得裤子都掉了，走了多少弯路，现在又在厦门做渠道，我觉得你跟王兴有一拼，丢了校内网、挂了饭否网，再开美团网，即便长大后变得不再单纯，即便命途多舛，但你创业初心不死，这些我都看在眼里，看看你现在，公司都四个小目标的估值了。”

院长打断说：“是 7.5 亿，谢谢。”

我骂道：“靠，有钱了不起啊……”

成长的路上我们都一样，岁月会改变我们的模样，也会让我们变得讨人厌，但只要不忘初心，我们终将会朝着最初期盼的样子努力，那时候我们不会讨厌自己，而会爱死自己。

十几年后的今天，我诚然变成一个不再单纯，褪去了疾恶如仇的棱角，甚至有些追求名利，也学会了左右逢源，也如当年讨厌的大叔一样追求比自己小很多的姑娘……很多时候我也在想，自己真的成为当年很讨厌的那种人了吗？

不，我这些年依然坚持写作、创业做文化全产业、想做一个庞大的文娱帝国……我想这些足矣，我一直在努力，努力成为自己最初期盼的样子。

而你呢？还记得你最初想要努力变成的那种人吗？

岁月不止，初心不忘，方得始终。

你我都在路上，也许，命运不曾亏欠你的努力，每个人都在追寻自己的初心，无论世界如何变化，我们又变成如何的模样，找回最初的自己，知行合一，我们终将成为自己最初期盼的那种人。

愿你们浪漫一生

醒来觉得甚是爱你。

~ 1 ~

“你能不能多点儿真诚？都他妈的是套路，滚蛋！”

这是小茹对 Y 君说的最后一句话。

小茹和 Y 君是在朋友的生日酒会上认识的，当时小茹正和几个朋友聊天，Y 君举着酒杯过来跟大家攀谈。

尴尬的是在场没有人认识 Y 君，但这并没有妨碍他，Y 君仿佛是在表演脱口秀，征服了所有人，当然他主要的对象是小茹身边的女同事，小茹也一直在旁边看着。奇怪的是，散场时 Y 君并没有去找那位女同事，而是主动跟小茹交换了联系方式。

在小茹的眼里，Y 君很幽默，一上来也并没有泡她的意思，直到离开时才出于友善互换了微信。所以小茹对他的印象非常好，甚至潜意识里愿意给他机会。

我告诉小茹，这其实是套路！

男人去搭讪时，都会提前选中一个目标，但并不去讨好她，相反，要冷落她。然后把她身边的人——特别是闺蜜逗得很开心又不直接示爱，像万花丛中过片叶不沾身似的。对于目标人来说，这男人很有趣，但是他一路都在冷落自己，便又是欣赏又是忌妒，最后终于跟自己聊起来，肯定心花怒放。

这简直是高手。

~ 2 ~

但是小茹并不知道所谓的套路。

加了微信后，Y 君说："这里太吵了，我们找个地方吃点儿东西？"

当时小茹已经心动，不过喝了酒不是很舒服就婉拒了。Y 君也很绅士地送她上车回家。

都说微信是通往女人心的第一条途径。

Y 君对小茹开启了二十四小时全天候的陪聊模式，并且总是秒回。

后来他也真的抓住了小茹的心，小茹试探性问过："你天天跟我聊天，不陪你女朋友吗？"

Y 君："我哪有什么女朋友？"

小茹："可你不是说你有个女神吗？"

Y 君：“我不是正在和她聊天呢吗？”

小茹被 Y 君撩得意乱情迷，几天后两人一起约看电影。看的是美国大片，在最激烈的打斗画面中，Y 君吻了小茹，小茹也酥了。观影结束已入夜，回家尚早，于是 Y 君带着小茹去静吧喝酒。

两人从亚当夏娃下面的遮羞叶聊到了岩井俊二，直到两人盖着同一床被子，情到浓时便也水到渠成了。

~ 3 ~

小茹觉得很浪漫，但这是不是套路?

我笑了笑，什么“这里太吵换个地方一起吃饭”，那么晚不怕吃成胖子？套路。

微信聊天把人撩得不能平静，但是这些在网上一抓一大把。套路。

晚上约看电影，为什么看美国大片？喜剧就会一路笑喷亲不到，恐怖片容易吓到影响后面发展，爱情片就一路递纸巾好了。只有美国大片最合适又不失品位。套路。

看完时间尚早，去静吧谈人生，简直就是骗姑娘的前戏。还是套路。

我问她：“睡完你后他是想着跟你谈恋爱结婚睡一辈子呢，还是只是当性伴侣需要的时候撩一撩呢？”

小茹恍然大悟，自己显然是被当作后者了。

那晚有那么多女子，为什么偏偏是你？因为你是傻白甜最容易上道，这也是套路。

~ 4 ~

当然，并不是所有的浪漫都是套路。

在我们所熟知的爱情故事里，也不乏旷世奇缘。比如钱钟书和杨绛。

两人在清华一见如故。钱钟书担心杨绛误解自己，急切地澄清说：“外界传说我已经订婚，这不是事实，请你不要相信。”

杨绛也趁机说明：“坊间传闻追求我的男孩子有孔门弟子‘七十二人’之多，也有人说费孝通是我的男朋友，这也不是事实。”

两人的恋爱除了约会，就是通信。钱钟书更是一代情话高手。一句“如此星辰如此月，与谁指点与谁看”，杨绛的芳心就迅速融化。

情诗是套路，但浪漫是因为真诚。

醒来觉得甚是爱你。

我想作诗，写雨，写夜的相思，写你，写不出。

希望你快快地爱上一个人，让那个人欺负你，如同你欺负我一样。

这是朱生豪写给宋清如的情话。

西子湖畔、六和塔下，学生时代的朱生豪和宋清如在一次诗社活动上相遇。朱生豪却没有言语没有表情，一副冷酷总裁碰见小白兔的模样。

彼时被冷落的宋清如很紧张，回去后辗转反侧，如果当时有微信她肯定会给他发一个无辜的表情。

没想到，三天后宋清如收到了朱生豪的三首诗，请她指正。宋清如迅速回复，从这开始，两人便坠入情网之中。后来朱生豪英年早逝，宋清如选择清寡一生与回忆一起老去。

放到现在，这像不像一开始冷落你、离开前交换微信、在入睡前给你发晚安的情况呢？

没有人会说朱生豪的情话是套路，那是痴情、是浪漫。因为他字字写得入心，每一句都真诚。

不真诚的撩逗是套路，真诚的撩逗是浪漫。

~ 5 ~

而小茹这边，即便提出了正式交往的建议，但是Y君还是说顺其自然慢慢发展，让她等。

不喜欢你还撩你，睡过了还不在一起。

寂寞的时候撩撩你，忙的时候懒得搭理你。

不想跟你在一起还想拥有你。

别扯那么多浪漫，一切还不是套路？

后来，Y君很久没再联系她，直到清明节假期。

Y君说要去婺源看油菜花，问小茹要不要一起去。

小茹笑了笑，回复道："你能不能多点儿真诚？都他妈的是套路，滚蛋！"

我们的情感道路上充满了套路。

在这场孤独的人生里，我们都怀着一颗美好的心灵寻找着属于我们的另一半，没有谁愿意被欺骗，更没有谁愿意坠入一个无底的陷阱里还傻兮兮地以为是浪漫。

所以，你能不能少一点儿套路，多一点儿真诚？

我养你

你负责貌美如花，我负责努力赚钱。

~ 1 ~

我养你。

不知道有多少男生对自己喜欢的姑娘说过这三个字，也不知道多少女生希望自己的男朋友对自己说这三个字。

有姑娘说，听过最感人的三个字并不是“我爱你”，而是“我养你”；有姑娘觉得太老套了，不尊重女性；也有姑娘说这是套路，姑娘那么贵你养得起吗?

电影《喜剧之王》让我意识到“我养你”其实是一句温暖的表白。

一个是被称为“死跑龙套”却坚持自己是一个演员的

尹天仇，一个是因为“我养你”三个字被骗走初恋和初夜最后沦落“出来卖”的柳飘飘。

对于“我养你”，柳飘飘一定非常痛恨，这三个字骗了她，后来不知又有多少男人以“养”的方式对她虚情假意。

这三个字对于她来说不是温暖而是耻辱。

然而那天晚上，两人坐在沙滩上看大海，柳飘飘问：“你嘴唇都裂开了，要不要来点儿润唇膏？”

尹天仇说：“好。”

于是柳飘飘吻过去……

一夜缠绵后柳飘飘离开，尹天仇追了上去，问她去哪里。

柳飘飘说：“上班啊。”

尹天仇说：“不上班行不行？”

柳飘飘说：“不上班你养我啊？”

尹天仇迟疑了下，柳飘飘知趣走开，他追了过去。

柳飘飘背对着他问：“又怎么了？”

尹天仇说：“我养你啊。”

柳飘飘答：“你先照顾好自己吧，傻瓜。”

虽然柳飘飘那么回答，但是她早已感动得心都酥了一百遍。

再后来，大明星杜娟儿过来接尹天仇，柳飘飘感觉到即将失去他，大声问他之前说的养我算不算数。

尹天仇大喊算数，下车冲过去抱住她……

周星驰曾说：“我以为我拍了很多悲剧，可是拍出来你们都觉得那是喜剧。”

其实《喜剧之王》就是如此，小时候把这部片子当喜剧看，长大后再重温，忽然泪流满面，恍然之间突然明白“我养你”三个字竟比“爱你一万年”分量更重。

“我养你”说得很容易，比起那些美好的诗歌情话，更实在，也许这就是生活里的爱。

当然，也有不同的观点，之前有一个在时尚杂志工作的朋友小鲸。她认为“我养你”是一句歧视女性的话，属于侮辱。

我问：“怎么算侮辱了？”

她说：“就说我前任吧，之前他最喜欢把这三个字挂在嘴边，但每次他说完我内心都在苦笑，心想我那么贵你养得起吗？”

我反问：“怎么贵法？难不成你每顿饭都是把人民币抄着吃？不就是一日三餐嘛。”

小鲸鄙夷地问我：“你以为一日三餐不饿着就是养吗？”

随后她开始列举一个姑娘怎么贵法，我们这些男人根本不知道她们桌上那些瓶瓶罐罐看起来跟大宝没什么区别的化妆品到底值多少钱；更不知道她们平时随手戴在手上那些破铜烂铁，穿在身上那件看起来仅仅是披着的一条丝巾以及挎在肩上看起来像地摊货的包包到底要多少月的工资才能换来；是的，还有那些平时男人根本接触不到的spa美容、瑜伽、玻尿酸、美白针，等等；她们要看歌剧、看话剧、看艺术展、学习油画、学习插画、学习茶道，男人的世界根本无法理解为什么姑娘即便是一个月一万大洋的工资还要还那么多信用卡的分期付款……

最后小鲸又开始教育我说：“所以很多男人就像我前任一样，说完就当放屁，并没有行动来支撑这句自以为帅炸天的话。所以姐也奉劝你，说这句话时一定要确定自己能义无反顾地做到，否则千万不要说，只会让姑娘们觉得恶心。”

我认可她提出的观点：好姑娘不是你张口就来的，“我养你”不是说出来就当屁放的情话，做得到再说，用行动来承受这三个字的分量。

~ 2 ~

小 Z 是我在山大宣传新书的时候认识的一位女性读者，当然我先认识的是她的男朋友，那天活动结束她男朋友非要我的签名还要跟我合影，后来才知道是拿去吸引女孩儿注意的，而这个女生就是小 Z，后来小 Z 留言说将来请我吃喜糖以报答“月老之恩”。

小 Z 之前是模特，不过已经是过去时了，因为前年她就被“封杀”了。工作那天她来大姨妈，拍照间隙蹲着缓解疼痛，却被领导看到，之后被点名下次不用来了。那时她的男朋友还没转正，她打电话跟她爸爸哭诉。

父亲在电话另一头说：“没事，就算没有工作，我也养你一辈子。”

那时她忽然觉得此生最动听的话就是“我养你”。

再后来，男友追她两年多终于转正，除了靠那本《世界那么美不如你好看》的情话小红本，更主要的是那晚月亮正圆而他说了一句：“那我养你啊。”

后来我问小 Z：“他追你那么久，因为一句‘我养你’就从了，会不会草率了点儿？”

小 Z 笑了笑说：“其实我在乎的不是花言巧语，而是这个态度，养是一种态度和行动。”

是啊，我养你，是一种态度和行动。

诚然，现在大多数女性都是追求经济独立的，很多女性赚的钱比大多数男性都多，于是她们也开始追求更多独立，吃饭主动要求 AA 制，买东西抢着埋单，男生送个价格高点儿的礼物一定要还一个更贵的。

女性独立没错，追求平等更没错，她们希望自己更加独立。但事实恰得其反，男生喜欢一个女生，一开始可能是因为她的外貌，但真正想跟她在一起却是因为被她需要。

被需要是男生保护女生的本能，女生即便经济很独立，但是在很多方面要让这个男生“养”得不是那么独立。就像我一个中学同学，他经常跟我吐槽自己的老婆很会赚钱很独立，而且很女权主义，他过得很窝囊想离婚。今年我再没听他提过离婚，原来有一天晚上他准备跟老婆提离婚，结果跑出来一只蟑螂，老婆吓得抱住了他，那天晚上他感觉自己还是被需要的。

所以，我养你。不是包养你。

这三个字源于男人那种被需要的感觉。

因为作为一个男人，即使做不到给心爱的姑娘买LV[①]，但依然会把她养得白白美美。

是的，无论姑娘有多独立，喜欢你的男生依然会对你说“我养你”，因为这三个字代表了他愿意为你不顾一切，并且会用一辈子去证明。所以，我养你的分量超过我爱你。

心爱的姑娘，我养你，你负责貌美如花，我负责努力赚钱。

最后祝天下所有女生都能找到那个养得起你的男生。

① 法国时尚品牌路易威登。

后记

/
/
/
/
/

回到最初的自己，我还是一个英雄

~ 1 ~

北京大雪，下雪的日子是我的生日。

看着镜子中的自己，岁月终于成功地把我从小鲜肉摧残成了老腊肉。

按我妈说的，我爸在我这个年纪的时候，我已经可以打酱油了。记忆中，我确实在门口迎接过来给我爸庆祝生日的外婆。

按照闽南的传统，男人到了三十虚岁就要办一次“大生日”。

而今天，我也到了父亲当年的年纪，只不过若干年后不再有一个孩子写这样一篇文章回想这个时刻，下班回家也看不到“窗外有月色和雨，被窝有情诗和你”的美妙景色。

不畏将来，且念过去。借着下雪天，翻下过去的旧账。

首先是成长。

我从小在闽南乡村长大，是一个如假包换的闽南人。我无忧无虑的童年里充斥着“泡茶话仙”及各种光怪陆离的神鬼传说，长大后就想着把这些见闻记录下来，于是立下了成为作家的梦想。

毕业后北上求学，仿佛为我打开了另外一扇窗户。有生之年第一次尝到咸的豆腐脑、甜的粽子，喜欢上了北方长腿姑娘。

我在大学里不怎么安分，白天搞文学社，坚信以组织为单位能约到更好的姑娘，结果为他人做了嫁衣。晚上码字，延续最初的梦想，结果隔天起不来上课迟到，还被通报批评。

所幸后来四处远游，大学毕业前竟然逛了大半个中国。

当然，我不是怂恿大家大学逃课，更不是怂恿大家选择远行。我无时无刻不想念着闽南，想念着故乡，但对于我而言，所有的故乡都是远方，长大的孩子都在流浪，只有离开才是成长。

~ 2 ~

然后是爱情和婚姻。

年少时暗恋过马尾女孩儿，那时候她的一颦一笑都能在我心里引起巨大的波澜。

直到毕业后天各一方，我也一直没表白。这些年偶尔想去见一见，却总有太多的难以言喻，也许相见不如怀念，这样是最好的安排。

大学刚毕业那些年，天真地以为女生喜欢有才华的男子，于是写了很多情诗，然后女孩儿夸我像是徐志摩，散发着吸引人的气质，当然，最后她还是投入了跑车的怀抱。这个故事让我感叹：学会投胎，幸福花开。

漂泊这些年，在最合适的年纪遇见过最美好的女子。然而还是在错误的时间分开，伊人红装，我非新郎。到头来也只能怪自己不够勇敢。

每年回老家几次，每次都能得到老同学结婚或者生孩子的消息，妈妈也想着法子催我："再不赶紧结婚，这些年随出去的红包都没法收回来了。"

想来，年纪和我相仿的你们应该也不停被催婚吧?

其实生活是自己的，什么时候结婚，什么时候生子，都得顺其自然，如果勉强，也许就是一辈子的后悔。

迅哥儿不是说过，婚姻是性交的广告。着什么急?

今年回家跟院长聊天，他说，忽然想要结婚，忽然想要一个孩子。

也许，爱情和婚姻之间只需要一个忽然之间，而不需要太多的"为你好"。

~ 3 ~

最后是工作和创业。

大四那年我就想跟小君、轩洋他们一起去北京奋斗，喝醉后在天桥上看大长腿。

接到小说阅读网的面试通知，我没有任何犹豫，提着行李打飞的来了北京。工作了六年，跟着老板从创业到公司一个亿的盈利，从应届毕业生到主编，中间做过很多项目，也面试过很多新人……

很多人一直说找不到工作，又有那么多公司招不到人，其实缺的只是合适二字。所以，宁愿找一份喜欢的工作也不能将就，因为你的青春不能挥霾。所以，遇到一份合适的工作就应该告诉自己：就是你了，哪怕晚点儿也没关系！

关于面试，并不是传闻那样：要有工作经验、要 211 毕业。谁不是从新人开始的？再牛气的大学毕业生到了北京都只是满地跑的新人。大多数的面试官其实更看重你的激情和潜力，所以当你选择了喜欢的工作，就像遇见合适的人一样，赶紧扑过去准没错。

这些年看到很多同事不停地换工作，到了 30 岁还在重复着之前的工作。其实这很可怕，换工作就跟换女友一样，换多了别人会觉得你不靠谱。如果合适，就要经得住诱惑接受得了考验，努力在三十岁前实现职业和能力的质变。

都说三十岁前跟对人，三十岁后做对事。所以今年年初，才华配得上样貌的我们三兄弟选择了创业。

正如上大学一起组建文学联盟、一起泡妞一样，我们三人组建了青年路欧巴创业天团，准备在雾霾和堵车中大干一场。

然而这一路并没有那么乐观，从零开始，什么都要自己上手，不懂就现学，碰壁就继续奔波，遇到困难就得死扛，这些都难免。

善意的欺骗和没底线的剽窃都让我们碰到了，甚至会受一些所谓大师的白眼。这所有的孤独和艰难，只有我们三人心里明白。

也庆幸我们坚持住了，工作室有了盈利，项目有序进行，甚至有可能在明年做出成绩。所以创业就请坚信，唯有强大的信念和百分之百的信心，才能让你一路走到底。

~ 4 ~

关于成长，感谢爸妈给我无忧无虑的童年，教会我男人的责任，你们陪我长大，我陪你们变老。

关于爱情，遇见你后，我会在纸上写：立春的天要下那么多雨，我这一生只要你便足矣。

关于婚姻，怕什么催婚，现在一个人挺好的，结婚就像大姨妈，该来的总会来的。

关于工作，入对行比什么都重要，跟对人比跟对公司重要。

关于未来，我还将继续创业下去，直到在纽交所敲响钟声……

也许，人生来就是孤独的，离开才是成长的开始；也许，一个人也好两个人也罢，世界那么大，我们总能在人海里遇见那个最合适的人；也许，创业是行走在世界中心的孤独，所幸初心不泯，我还记得年少时的梦想并且坚持到现在，即便过程中有再多的不顺，我依然坚信：回到最初的自己，我还是一个英雄。